未来机器城

暴走团队 燕垒生 —— 著

中国友谊出版公司

图书在版编目（CIP）数据

未来机器城 / 暴走团队，燕垒生著. -- 北京：中国友谊出版公司，2019.8
ISBN 978-7-5057-4465-3

Ⅰ.①未… Ⅱ.①暴… ②燕… Ⅲ.①中篇小说－中国－当代 Ⅳ.① I247.5

中国版本图书馆 CIP 数据核字（2018）第 174893 号

书名	未来机器城
作者	暴走团队　燕垒生
出版	中国友谊出版公司
发行	中国友谊出版公司
经销	新华书店
印刷	三河市冀华印务有限公司
规格	880×1230 毫米　32 开 7.75 印张　141 千字
版次	2019 年 8 月第 1 版
印次	2019 年 8 月第 1 次印刷
书号	ISBN 978-7-5057-4465-3
定价	42.80 元
地址	北京市朝阳区西坝河南里 17 号楼
邮编	100028
电话	（010）64678009

如发现图书质量问题，可联系调换。质量投诉电话：010-82069336

序

关于7723的故事是在创业初期那会儿制作的一集短篇漫画，当时我们在微博上连载一个短篇系列叫作《节操都市》，7723是其中的一篇。

漫画讲述了一个老旧的机器人如何独自在城市中留守，就为了等待当年的小主人有朝一日能够回来的故事。因为没有学过画，只能依赖表情包和鼠标勉强完成了，现在看来更是粗陋，但它始终是整个系列中我最珍爱的一篇。没想到六七年过去了，这篇可怜的小漫画不仅成长为一部电影剧，竟然还被好莱坞的动画团队推上了巨幕。果然世界是个回音谷，念念不忘必有回响。7723是一个机器人，也是一段思念的距离。如果人注定要删除所有的记忆，那你最后删除的会是啥？

这部电影算是当初那篇漫画的前传。希望7723能够在屏幕背后继续活下去，有一天能把遥远的未来和遥远的过去连接起来，这正是每个人都在努力做的事情，不是吗？

穿山甲

CONTENTS
目录

CHAPTER 001
初遇 001

CHAPTER 002
失窃 017

CHAPTER 003
追捕 031

CHAPTER 004
伤害 047

CHAPTER 005
重逢 063

CHAPTER 006
复仇 081

CHAPTER 007
记忆 099

CHAPTER 008
武器 115

CHAPTER 009
彩虹 131

CHAPTER 010
究衷 145

CHAPTER 011
潜入 163

CHAPTER 012
真相 177

CHAPTER 013
非人 193

CHAPTER 014
骚乱 203

CHAPTER 015
扶择 219

CHAPTER 016
尾声 235

CHAPTER 001

初遇

厌恶机器人的少女引发了发布会上的大骚动，乘乱躲进神秘实验室的她，却在无意中唤醒了沉睡的机器人7723。

悬浮汽车飞驰在一尘不染的大道上，没有一点声息，两侧的树木和房屋在不住地后退。这景致就和包装画一样整洁又干净，可坐在后座上的小麦却提不起一点兴趣，只是呆呆地看着窗外，一只手捋着挤在她身边的小狗馍馍身上的毛。这小狗的毛被小麦捋得乱七八糟，已经和她自己那一头紫色的头发差不多乱了。

"近处的树走得快，远的树走得慢。"小麦这样想着。虽然对于这个现象有些好奇，但是瞟了一眼前排座上看全息视频的妈妈茉莉，小麦什么都没有说，视线回到了远处的一棵大树上。

在那棵大树的树枝上，有两个小点。那是两只小鸟，虽然隔得很远，但小麦仍然看得很清楚，那两只小鸟偎依着，一只正在给另一只梳理羽毛。小麦下意识地伸出一根手指，试图按住映在车窗玻璃上的两只小鸟的影子，可是随着汽车的疾驰，那影子还是从她手中漏了出去，最终消失在车窗边缘之外。

小麦心里有种说不出的难过，懊恼地抓了抓本来就乱的头发。

"咦,小麦,你的头发怎么这么乱?"

坐在前面的茉莉终于从后视镜里发觉了女儿这一头乱糟糟的头发。

"我的头发这样挺好的。"

妈妈问起,小麦还是回答了,虽然有点闷闷不乐。

"这么乱好什么?"茉莉伸手拉开了包,在里面翻找着,"今天是Q宝6发布会,人一定很多,你一个小姑娘顶着一头这么乱的头发,要被人家笑话的,早上一准又没刷牙。咦,放哪儿了?"

"笑话就笑话……"

小麦还没嘟囔完,茉莉已经从包里摸出了一把梳子。

"梳头。"

妈妈的声音听起来有些严厉,还没等小麦拒绝,那把梳子已经飞了过来,插在她浓密的头发上。她吓了一大跳,叫道:"怎么这梳子也是机器人?"

"这年头,没机器人可怎么活啊?"

茉莉没有再多说什么。她知道自己这个正值叛逆期的女儿肯定不会乖乖梳头的,所以专门买了这把能用语音下达指令的智能梳。接下来的事就不必自己操心了,开车由管家机器人代劳,女儿的头发交给智能梳,她换了个台,顾自看视频消遣。

以悬浮车的速度，几百千米的距离实在可称转瞬即至。一个视频尚未看完，开车的管家机器人发出了柔和的声音："到米都市大商场了，主人。"

"到了？"茉莉关掉了全息视频。车窗外是一幢高大华丽的建筑，正是 IQ 旗舰店。只见宽大得有些过分的店门口，已经挤了密密麻麻的人。

"到了，主人，发布会即将开始，请主人不要错过时间。Q 宝机器人不仅可以让您从繁重的家务中解放出来，还可以成为您的贴心伴侣。"

Q 宝系列家用机器人是这个时代最受欢迎的数码机器人——IQ 公司的主打数码产品。从 Q 宝 1 发展到现在的 Q 宝 5，每一代的推出都成为当时的热门话题。而那句要成为贴心伴侣的话，是从 Q 宝第一代开始沿用下来的，想来正要推出的 Q 宝 6 也一样。尽管是作为被替代的产品，开车送她们母女来的 Q 宝 5 却完全没有被遗弃的感觉，仍是尽职尽责地为自家公司打广告。

茉莉顺口道："是啊，Q 宝 6 比 5 好太多了，5 早就该淘汰了。"

说完这句，茉莉有点不自在。尽管知道 Q 宝仅仅是一款管家机器人，但她却真的已经把这个机器人当成了贴心伴侣。现在要被调换的 Q 宝 5 就在身边，自己这样说，似乎有点失言。

Q宝5倒没有丝毫的不自在，附和道："主人说得对，IQ智造的Q宝6拥有比我更强大的中央处理器，更大、更清晰的显示屏，能更好地成为您真正的家人。"

"到底只是台机器啊。Q宝5做得再好，也只是按照程序运行，永远不会成为自己真正的家人，希望新推出的Q宝6在人工智能方面能够更贴近真人一些。"这样想着，茉莉不由得看了一眼身后的小麦，只见她背着书包刚从车里钻出来就一把扯掉头上的蝴蝶结，将智能梳子刚刚梳理整齐的头发抓得乱糟糟的。而馍馍那原本被小麦捋得乱糟糟的毛发，现在倒是梳得整整齐齐的了，大概是智能梳子在接到梳头的指令后，将馍馍的毛也当成了要梳理的头发。

单亲家庭的孩子，就是难以管教。茉莉暗暗叹了口气。

"小姐，请不要将宠物带入会场。"

一个保安机器人不知从哪里杀了出来挡住了去路。茉莉怔了怔，才反应过来那句"小姐"是称呼自己的。她的心情顿时好了许多，忙道："好的好的。"转身指着车向馍馍道："馍馍，回车里去！"

正兴奋地在地上不住打着转的馍馍听到主人的命令，垂着头又钻回了车里。那保安机器人这才让到一边，茉莉忙道："小麦，我们快进去吧！"

此时，旗舰店大厅正中央的钢玻自动扶梯上，已经站满了

-005

人。看着这人头攒动的场景,小麦倒吸一口凉气,叫道:"妈,这么多人啊!"

茉莉倒是不以为然:"多什么?这才几千个人而已吧。"

"还'而已'。要知道排这么长的队,我打死都不来。"小麦小声嘟囔着。其实就算大声说出来,她妈妈也不会听到,此刻,茉莉的注意力尽在发布会的临时舞台上方那块巨幅广告牌上。广告牌上"第六代Q宝发布会"几个字大得就算近视眼的人站在很远的地方也能看清,而下面正在一遍又一遍地播放着Q宝6广告。

扶梯缓缓上行,大家都带着要替换的旧款Q宝,除了小麦。虽然知道妈妈说得对,这个时代根本离不开机器人,可小麦仍然对它毫无兴趣,甚至十分讨厌。尽管Q宝5能将她们的生活料理得井井有条,妈妈对Q宝5说话的声音也和对家人一样,小麦还是无法将这个冷冰冰的机器人看成自己的家人,就算看成和馍馍一样的宠物也不行。

扶梯经过了一片绿荫。这儿竟是一个巨大的球场。IQ旗舰店内居然设有室内球场!在这个年代,实在是件十分稀奇而奢华的事,小麦大为兴奋,叫道:"妈,妈,这里有个球场啊!"

茉莉的心思尽在那个广告上了,顺口道:"是啊,有个球场。"

看着那个球场随着扶梯升高越来越远,小麦再也忍不住,试探着说:"妈,我去玩了啊。"

"玩吧玩吧。"

茉莉根本没听清小麦说了什么。在她的心中，现在最重要的事就是即将到来的发布会，至于小麦要去哪里玩，根本是件无关紧要的事。在她看来，天底下还有什么事比Q宝6发布会好玩？女儿说的玩，也就是去看发布会罢了。小麦却是如蒙大赦，转身向着楼下跑去。

在上行的扶梯往下跑，其实是很没公德的行为。不过小麦这时已顾不得了，从人流中拼命往下挤过去。平时就算倒着走自动扶梯，虽然不甚好，但也没什么大碍。可这时候扶梯上已经站满了人，小麦这样挤下去，顿时将原本秩序井然的自动扶梯搅得一片混乱。

"借过！让一让，对不起对不起！"

虽然没忘记礼貌用语，别人也不会真与这样一个12岁的小姑娘计较，可要在这么多人里杀开一条血路往下跑，实在有点难。往下挤了一段，可是扶梯正在上行，小麦仍然在原先的位置，只不过与茉莉倒是拉开了一段距离。而到了这当口也真的十分尴尬，往上的话会被人流裹着往会场去了，往下又实在再难前进一步。小麦停下了脚步，正打算着是不是冒险翻出扶手，可是打量一下扶梯外侧，实在有点胆寒。正在犹豫，有个东西飞了过来，停在小麦头上。

"女士，请留步！你正在上行的扶梯向下行，我建议你乘坐上行的扶梯向上行，或是下行的扶梯向下行……"

那是一架客服无人机。全自动的客服无人机发现了扶梯上的这场小小骚动，业已发觉引起骚动的是这个头发乱糟糟的小女孩，立刻前来发出警示。

看到悬浮在空中的无人机，小麦灵机一动，问道："你载重是多少？"

"30千克。"

这个问题倒不意外，客服无人机本来就可以帮助顾客短程运输购买的货物，因此无人机的回答非常快捷。只是这个回答刚发出，小麦已经一跃而起，一把抓住了无人机，翻身骑了上去。

这样的动作对无人机而言幅度相当大，无人机顿时发出了"警告，超重！警告，超重！"的声音。小麦有些着恼，拍了拍无人机叫道："闭嘴！我才59斤！是市斤！没超重！"

虽然只是个12岁的小女孩，又老是一副假小子模样，可被说成超重，小麦心里也不开心。不过这时无人机倒解除了警告，想来方才是因为小麦跳上去时动作幅度太大才引起的超重警示，现在她坐稳后就已经不超过载重量了。

"快去那个球场！"

"指令不明确，请重新发布指令。"

小麦大为恼怒，骂道："那边！这么大的球场你没看见吗？机器人就是笨！"

直接指着方向后，无人机倒没有再啰唆了，打了个转便向那边飞了过去。只是由于载重接近了临界点，飞行并不是很平稳，但好歹也离那个球场越来越近了。

爸爸……

小麦突然想起了第一次去球场的时候。那时她刚学会走路，爸爸和妈妈也不曾吵架。看到爸爸在球场上奔跑的样子，小麦人生中第一次感到了如此激动，也努力想蹒跚着在绿茵上奔跑，结果摔了一跤，连腿上也磕了个小口子。那时爸爸抱起了号啕大哭的小麦，对她说……

"警告！警告！"

无人机的声音打断了小麦的思绪。这声音让小麦又有点着恼，喝道："跟你说了我没有60斤……"

然而，这一次警告并不是因为超重，而是无人机撞上了一层屏障。几乎是同时，小麦面前出现了一行大字，耳畔则是一个男主持人慷慨激昂的声音："激光一夏！IQ智造暑期巨献：达万俱乐部对抗巴巴里阿联队，米都杯总决赛即将举行！"

这球场上方，还笼罩着一层磁感壁罩！小麦的心思尽在别处了，根本没有发觉这层屏障。无人机撞上壁罩后，立刻失去了平衡，直直地摔了下去，掉落在扶梯间的平台上。

这个地方并不是平时顾客能够抵达的，只是工作人员临时性检测维修的场所。摔下来时小麦根本立不住脚，下意识地拽着无人机沿着平台滚了下去,一直滚落到楼梯的尽头。

"啪"的一声,经过这样一番摔打,质量相当可靠的客服无人机也终于彻底歇菜,冒出烟来。小麦抬起头看了看周围,一时间也不知自己摔到了哪里。平时就习惯了追逐跑跳和打架的她对这种小摔伤根本不当一回事,只觉得这儿冷清得异样。没等她回过神来,一个机器人已经悄无声息地驶到她的身边。

"温馨提示——所有儿童都必须时刻由成年人陪同。小朋友,请跟我走一趟。"

保安机器人的声音听起来很是温和,但是其中有股不容置疑的金属味。这个声音让小麦一下提高了警惕,问道:"什么?"

"请跟我走一趟,小朋友。"

小麦一下子想起了学校的教导主任。在学校里,每回小麦闯了祸,教导主任总是用这种语气跟她说话。她摇了摇头,说:"我不去。"

"警告升级,请跟我走一趟,小朋友。"

保安机器人的手臂一下子变成了一把电击枪。这种电击枪虽然是纯威慑型,不会对人造成实质性的伤害,可如果被它电一下也着实不好受。小麦更慌了,不住地打量着周围。有个维修机器人过来了,正在收拾地上那摔坏的客服无人机的碎片。当它刚将无人机举起来时,也不知触到了什么开关,那无人机一下又飞了出去,"砰"的一声撞上了后方的玻璃展示柜。这个动静一下引起了保安机器人的注意,它马上转过身子。

好机会!小麦一个箭步便向一侧冲了出去。她比保安机器人灵活多了,那保安机器人刚转过身,发现背后又有响动,马上重新转过来。只是这么大幅度的转动一下搅乱了它的平衡,它只是在原地打着转,一时间也过不来,只是不住发出"警告升级!警告升级!"的声音。

小麦可不想在商场被逮到后又送到学校,正想着往哪儿逃好,这时墙上突然开了一个口子,一个机器人钻了出来。

这是个运输机器人,一定是刚才那维修机器人发现无人机损坏严重,无法即时修理,所以召来了运输机器人准备送到维修室去。小麦一见墙上有了这么个口子,不假思索地钻了进去。

维修专用通道不是日常通行用的,小麦一钻进去,方才的开口马上就闭合了,一下子将那保安机器人的声音隔在了外面。小麦舒了口气,却还不放心,又沿着运送带向前爬了几步,想着找个地方回大厅去。正打量着,她身下的运送带上突然出现了一个洞。小麦根本没注意到,一下子便摔进了这洞里去了。

那是一根长长的管道,应该是运输物品所用,肯定不是让人类使用的,如果来人是个大个子,说不定还会卡在里面。不过对于小麦这么个 12 岁的小女孩而言,即便背上还背了个书包,里面还是宽大得足够她翻着跟头往下滑。幸好管道里光滑得很,她才没有受伤。

糟糕！会摔死吗？

别看小麦平时天不怕地不怕，这时候也害怕起来。好在这管道也不是笔直的，没过多久，她眼前一亮，已重重地摔在地上。

已经被摔得七荤八素的小麦忍着疼爬起来，摸了摸身上，待她确定自己性命无虞正要长舒一口气，眼前赫然出现了一张狰狞的怪脸。

这一下把小麦吓得不轻，一刹那，她把身上的疼都忘了，转身正待要逃，不过稍稍换了个角度，马上发现这张怪脸缺乏立体感，只是个平面，身下还有几个美术字："英雄拯救世界！"

原来只是张不知哪年出品的老掉牙的怪兽电影海报，居然还一直贴在这个地方。站在怪兽对面的，是一个武装到牙齿的……机器人。

看到这么个机器人，小麦不由得撇了撇嘴。妈妈说这年代离了机器人不知怎么活，说不定也没错，所以连这海报上都有机器人，只是小麦从来就不喜欢机器人。小麦站直了，活动了一下手脚，没什么大碍。平时她就是个蹦蹦跳跳的人，这样摔一下其实对她来说只是家常便饭，根本没什么大不了。她定了定神，打量了一下四周，想看看自己到底摔到了什么地方。

出乎她意料，这间屋子很乱，到处都是东西，尽是些手办、画报之类，再就是一大堆玩具——机器人的。

这个屋主是个男孩子吧？小麦心想。因为她班上的男同学喜欢的大多是这些东西。现在还是尽快离开这儿，别被人当成小偷了。她走到门边正要打开门，隔壁突然传来了一个声音："快两点了，米博士，赶紧放他出去拯救世界吧。"

这句话顿时让小麦想起了身后那张海报上的话。难道，里面在拍电影？看着这屋子里的玩具和海报，小麦顿时觉得自己想得没错。

IQ智造在策划一部电影！

虽然不喜欢机器人，但是对电影小麦还是很感兴趣的，她小心翼翼地探出头去看了看。

隔壁，是一间大得多的房间。一个邋里邋遢的老头手里拿着把螺丝刀正在爬上爬下，面前是一台机床，上面悬挂着一个机器人。这个机器人和小麦家用的Q宝样子差不多，只不过大了一号，应该还没组装好，四周挂着很多零件。这大叔嘴里还在嚼着什么东西，含含糊糊地说："不成呢，还差最后一步。"

肯定不是电影，小麦想着。因为如果是电影，这个叫米博士的男主角又老又丑，准不会有人爱看。

"米博士，两点还差20秒，再不走就来不及了。"

催促米博士的，是一架悬浮在空中的无人机。这架无人机的人工智能显然比把小麦带到这儿来的那个客服无人机的人工智能强多了，它肯定还装了情感线路，小麦听出了它话中的不耐烦。米博士大概也被催得烦了，一边调整一颗螺丝一边道："这事可急不得，千万不能再犯老庞的错误了，7723必须自己学会什么是对的、什么是错的才行。"

"两点整了，米博士。"

米博士从机床上跳了下来，看着面前这个机器人，喃喃道："7723，我就指望你了，别让我失望啊！"

"米博士，你让我两点提醒你，现在已经两点过了20秒了！"

无人机的声音越发不耐烦。米博士也不敢太执拗："好，好，这就走。"

他嘴里的零食应该吃完了，咬字清楚了不少。只见他一边推开外面的门，一边又往嘴里塞着什么东西，嘴里含含糊糊地念叨着："7723是第一个真正意义上的学习型机器人，这可是很了不起的。富贵，你可真是太不懂我了。"

那个叫富贵的无人机像小狗一样跟在米博士身后："好的好的，米博士真的好棒。现在两点过了一分钟，你得快点了。"

"行了行了，别催啦，来得及。你是我亲手做出来的，怎么这么烦人？"

外面的大门"砰"的一声关上了。待听不到富贵那啰啰唆唆的声音，小麦才走出来。外面这间看来是实验室，而里面是米博士的休息室。米博士把休息室搞得那么乱，实验室里倒是干干净净。她走到机床前，打量着那个悬挂着的机器人。

它真有米博士说的那么神吗？

尽管小麦并不喜欢机器人，可还是按捺不住好奇。眼前这个叫"7723"的机器人光从外形上看，和寻常的Q宝系列没什么不同，只是还没有被组装起来，零散的机甲上，许多电线伸展出去，连到另一端的终端机器上，一只手臂被悬挂在机身旁，食指指向前方。

这模样，让小麦想起了在博物馆展览中看到过的一幅古画。一想到那幅画，小麦就不由自主地学着画中的情形，向着机器人伸出的那根手指伸出了自己的手指。

那幅叫《创世记》的古画中，上帝就是这么创造人类的。小麦在指尖碰到了7723那根指尖时，也煞有介事地说道："醒来吧！"

"啪"的一声，7723并没醒来，而那根机器手臂却掉落到地上。一阵警铃响了起来，机床上立刻出现了许多机械臂，将机甲一片片地往7723身上装。

"指令收到，自动组装程序运行。"

听着那终端发出的干巴巴的声音，就知道它准没安装情感线路。一见这情景，小麦顿时慌了，叫道："不是我！不是我！"可是她的撇清根本不起作用，那些机械臂仍是有条不紊地装上了7723的身体，这时已经到最后一片了。

最后一片是7723的胸甲，很大一片，被直直地平推过来。如果这片胸甲装上了，真不知会出什么事。小麦急坏了，顾不得多想，一跃而起，一把抓住这片胸甲，准备阻止这最后的安装。无奈她的力量跟机械臂的力量完全不在同一个档次，用足了吃奶的劲也休想动得分毫，机械臂连同小麦一起往7723胸前送去。

CHAPTER 002

失窃

实验室从内部被破坏，里面的秘密实验品消失，调取的监控录像中的可疑人影究竟是谁？

"咔嚓"一声，胸甲被装进了7723的胸口，严丝合缝。只是不知怎的，这块胸甲上竟留下了小麦的手印。

这下想赖都赖不掉了。小麦急坏了，正要将袖子捏在掌心擦掉手印，手印却先行淡了下去，并最终消失，仿佛渗进了这个机器人的前心。

机床上，7723已装配完毕，只是一动不动。小麦几乎听得到自己的心跳声，她意识到自己闯的这个祸应该不算小。

完了完了，这件事要是被报到学校，准会被记大过。小麦苦着脸，看着面前这个机器人。

"这个机器人会不会爆炸？"小麦心里想着，嘴里不觉说出声来："会爆炸吗？"

"命令收到，准备爆炸。"

7723一下子睁开了眼，发出"嘀嘀"的声音，小麦吓得魂飞魄散，大叫道："不要炸！不许炸！"

"爆炸命令取消。"

"嘀嘀"声一下子停住了。小麦这才松了口气，擦了把额头的冷汗。看来这个白痴机器人倒还听话,真是不幸中的万幸。要是刚才真爆炸了,小麦实在不敢想象那个情景。

"您好。您叫什么名字?"

7723从地上捡起小麦的书包。书包的搭扣在刚才的混乱中被挣开了,里面的足球滚了出来,但7723以出乎意料的敏捷,没等球落地便一把抓住。

看到足球被7723那铁钳似的手抓着,小麦实在有点担心会被抓爆,没好气地骂道:"你个白痴!快还给我!"

她一跃而起,抓住了7723手中的球。只是7723的力量远远比她想象的还要大,根本抓不下来,她反而挂在7723的胳膊上下不来了。7723却仍是一本正经地说:"'你个白痴'你好。这是什么?"

小麦用力拔了两下,仍然没办法从7723手中把球夺下来,急道:"放手!你才是白痴!"她怎么都夺不回足球,而这个机器人又笨得连话都听不懂,实在让她有些恼羞成怒,用力蹬了7723一脚。只是她的力气对7723来说,跟掸了下灰尘没什么区别,都感觉不到异样,仍是抓着足球一本正经地问道:"我才是白痴?请问现在要做什么?"

"叫你放手啦!讨厌——"

7723的反应倒也快得超出小麦预料,刚要它放手,7723马上就松开了手。小麦还挂在它手臂上,这一下重重摔了下来,足球也被震得脱了手。

"真是个笨机器人。"小麦嘟囔了一句,伸手捡起了足球。这个足球是她心爱的宝贝,实在怕被这笨机器人捏坏了。好在左左右右打量了一下,见足球没什么破损,她这才放下心来。正待扭头再骂两句,却见7723伸手拔下了身上的电线,一迈步下了机床。她吃了一惊,叫道:"喂喂,你要干什么?"

"自学习模式已启动,请发布初始化命令,你干什么我干什么。"

小麦"哼"了一声:"说得好听,以为当个跟屁虫就能让我喜欢你们机器人啦?我告诉你啊,我可不像其他人那么好糊弄哦,除非你保证对我百依百顺,有福我享,有难你当!"

这些话就算小麦也不相信。但眼前这个机器人却没再说话,只是眼里闪烁了几下。小麦也不知它为什么突然不动了,嘀咕道:"真是个笨机器人。"

她的书包在刚才的争抢中被踢到了机床下面。小麦只想着拿上自己的书包赶紧离开这个大笨机器人,只是刚要弯腰,两只机械手突然伸了出来,一把将她拎出门去。

正是那个保安机器人。小麦几乎把这个机器人给忘了,而它却是按部就班,尽忠职守,一直跟踪着追到了这里。一抓住小麦,保安机器人马上就带着她一边沿着通道往前走,一边道:"苏小麦,这里是禁区中的禁区,禁止任何顾客进入。"

小麦急道："我的书包！我的书包还在里面！你放开我！"只是不管她怎么挣扎，这保安机器人仍是一板一眼，毫不通融，带着她离开了，离开前还顺手带上了门，小麦只来得及看到半开的门里7723动也不动，仿佛在沉思一样，也不知到底在想什么。

保安机器人的效率不低，人工智能却不高，只会一板一眼地执行任务，根本不管小麦在它手里不住地吼着"放手，你个方脑袋"之类。

发布会马上就要开始了，会场里已是人头攒动。但保安机器人依靠定位系统很快就把小麦带到了茉莉边上。茉莉的心思这时已经在台上了，保安机器人告诉她管住小麦，不要再让小麦进入禁区之类。茉莉连头也不转，只是顺口"哼哼"着答应。等小麦叫了她一声，她这才扭过头来，正好看见小麦正带着一副委屈的表情被保安机器人抓在手里，她暗暗叹了口气，说道："小麦，你又闯什么祸了？"

小麦一肚子委屈，正待要说，茉莉知道这女儿若是一说准得是长篇大论，忙道："有什么话回去再说，小麦，让妈妈看完发布会……"

这句话还没说完，会场里发出一阵雷鸣般的欢呼，是IQ智造的CEO庞贾廷上台来了。

庞贾廷与其说是一个企业家，不如说是一个电影明星：高大，帅气，一张国字脸上长着修整得干净整齐的络腮胡。当四射的灯光照耀着他走上舞台中央时，全场几乎沸腾起来。

潇洒英俊，年纪也不算老，更重要的是多金。当一个男人同时具备这几点时，几乎就是注定要成为女人的梦中情人的。作为年纪同样不算大的单身女人，茉莉更是为庞贾廷着迷。看到庞贾廷一登台，她与台前那些十六七岁的少女一样尖叫起来："男神！男神男神……"

庞贾廷满面春风地向着台下打着招呼："米都的小伙伴们大家好！我来啦！你们大家都好吧？嘿，我看见你啦，我也爱你！我也爱你！很好，大家很热情！"

在他的身后，有一个庞大的身影。这个方方正正的身影简直跟一堵墙一样，那是与庞贾廷形影不离的保镖机器人战王。

有人说庞贾廷如果不做实业，也一定是一个超一流的节目主持人。他这一连串热情洋溢的开场白仿佛是往油锅里撒下了一把盐，将场中原本已经接近沸腾的气氛又煽热了几分。无论他说什么话，台下的观众报以的都是近乎疯狂的欢呼。当发布会进入展示Q宝6的正题，银光闪闪的最新型Q宝6上台来时，场中的气氛更是仿佛要把屋顶都掀翻。

小麦在人群中，被那些欢呼雀跃的人挤得实在不舒服。她不喜欢机器人，庞贾廷说的这一切也根本无法让她与之共鸣。会场里一阵阵震耳欲聋的欢呼声，对她来说实在是种煎熬。

丢了书包已经让她很不开心了,只是小麦的心里不知怎的老是想起那个笨笨的机器人 7723 来。那个机器人块头比 Q 宝 6 要大一些,没有 Q 宝 6 好看,可是小麦却总觉得,7723 身上似乎有点与别的机器人不一样的东西。

是什么不一样的东西呢?小麦也说不出来,她有点木然地站在人群中。台上的庞贾廷握着麦克风饱含深情地说道:"Q 宝 6,这是我的终极杰作、毕生心血,它将是一个不会再被超越的产品。它代表着科技的顶点——科技的胜利!但你们知道真正的胜利属于谁吗?"

场中突然安静下来,随即庞贾廷以充满了感情的声音高声道:"属于你们!真正的胜利属于你们大家!"话音未落,整个会场迎来了发布会的高潮。茉莉被感动得忍不住扭头对小麦道:"听听,庞总多谦虚!"

幸亏茉莉很快就转过头去了,不然准能看到小麦翻了个大白眼。

庞贾廷的发言已经接近尾声,而他的声音也越来越富有感染力:"亲爱的朋友们,我们已经进入了一个前所未有的时代——一个全球化、信息化、便捷化的时代,正是 IQ 智造的 Q 宝们成就了这个时代。我希望 Q 宝成为你们生命的一部分。因为,它会让世界更好!谢谢大家!为感谢您的支持,也为表达我对大家的谢意,今天到场的每位嘉宾,都将获赠一个……"

说到这儿，庞贾廷顿了顿，等台下安静了一些，他才拖长了声音高声道："Q宝6！"

随着一个潇洒的谢幕动作，庞贾廷将麦克风一扔，与战王同时退了场。观众们都被这句话惊呆了，所有人都不敢相信自己的耳朵。每人一个Q宝6？这简直像是在开玩笑。这时那个方才被展示的Q宝6走上前来，重复道："各位嘉宾，庞总为答谢大家的支持，将赠送每人一个Q宝6！"

尽管Q宝6的声音远没有庞贾廷那么富于感染力，却依旧引发了众人的欢呼，茉莉也惊呆了，一把抓住小麦："快，快拧我一下！我不是在做梦吧？"小麦在妈妈的脸上狠狠地拧了一下。

听着外面传来的欢呼声，IQ大楼走廊里的庞贾廷却一下拉长了脸。这张原本人见人爱、表情生动的脸仿佛在一瞬间失去了活力，耷拉下来，走路的步伐也失去了先前的活力。如果这时候有人看到他，一定会大吃一惊，那个一向活力满满、充满亲和力的庞贾廷庞总，怎么跟变了个人似的？在他的身后，战王庞大的身躯如同一个巨大的活塞，没有人能走到庞贾廷身前去。

前面是IQ智造的新品生产线监控室。当庞贾廷推开门走进去时，里面一个头发花白的老人正在案前忙得满头大汗。

庞贾廷清了清嗓子，语气温和："米大力博士。"

庞贾廷的声音并不大，但米博士却像被蛇咬了一口般猛地跳了起来。见门口站着的是庞贾廷和战王，米博士干笑道："老庞啊，吓我一跳。发布会结束了？"

"结束了。"庞贾廷背着手走过来，"你听听，他们还在那儿欢呼呢，少说还得半个钟头才能安静下来。"

米博士道："发布会结束了，那我先走……"

米博士走到门边，可站在门口的战王那方方正正的身体根本没有移开的意思。米博士无奈，只得站定了。庞贾廷走过来，绕着米博士打量了一圈，低声道："米博士，你似乎没去发布会啊。"

米博士额头上流下汗来，有点尴尬地说："没去吗？哦，原来今天是发布会啊。真不好意思，软件有点问题，我被叫来修复缺陷，一上了手就忘了。"

庞贾廷点了点头道："是啊是啊，要是有了缺陷，就会出大问题的，米博士，你说是不是？"

庞贾廷现在的声音根本不似发布会上那样饱满，甚至有些阴阳怪气。米博士额上的汗水越发多了，期期艾艾道："对……对，老庞，所以现在推出Q宝6，会不会……时机不太成熟……"

就在那一刹那，米博士从庞贾廷的眼里看出了一丝异样。庞贾廷走到监控室的窗户边，若有所思地看着下面的生产线。车间里，那一条条生产线正全力开动，随着流水线的运行，一个个零件被装配起来，流水线的尽头是密密麻麻的Q宝6成品。米博士看了看仍然堵在门口动也不动的战王，讪笑着伸手招了招，说道："战王，近来还好吧？"战王没有反应。米博士看了看它，这才小心翼翼地走到庞贾廷身后。

"米博士，我可以理解你的心情。毕竟，Q宝6是你的亲骨肉嘛。"

庞贾廷的声音突然响了起来。米博士忙道："那个……Q宝6的大部分更新都是你做的，论血缘同样也是你亲生的……"

没等米博士再说下去，庞贾廷打断他："米博士，你是个完美主义者，我懂，我特别支持你，真的。但是你得把眼光放长远一点，这是个革命性的产品，不会被超越的，相信我。"

"我是说……"

"说吧，没事的，你说。"

庞贾廷的语气越来越温和，可他的声音里仍然有些阴阳怪气，甚至，夹杂了一种"嗞嗞"的声音，好像蛇在吐芯子，让人听了心头发毛。米博士像鱼一样无声地张了张嘴，又咽了口唾沫："我是说，Q宝6十分完美，完全没有问题。"

庞贾廷忽地转过身来，盯着米博士道："是吗？"

看着这副如同盯住了猎物的猛兽一样的神情，米博士顿时失去了勇气，点了点头道："当然，很完美！"

"哈哈，米博士，意见统一了不是？"

仿佛一眨眼间换了张脸，庞贾廷已恢复了那副满面春风的表情，声音也重新饱满而充满感情。米博士心头的惧意却越发地浓厚，他连话都说不出来，只能够重重地点头。好半晌，他才试探着道："老庞，那我做事去了？"

"去吧去吧。"

庞贾廷走到窗前，伸手挥了挥，战王直到这时才如同一节老式火车车厢一样横着移动了一段距离，露出门来。米博士如蒙大赦，快步走了出去。只是由于太过紧张，出门时两条腿都在颤抖。

一到外面，监控室的门就"啪"的一下关上了。米博士下意识地回头看了一眼，只是就连关上的门都让他有种心悸。他拼命挪动着发软的双腿，逃也似的向前走去。正在这时，他那个叫富贵的无人机秘书飞了过来。

富贵大概已经找米博士好久了，一见米博士慌慌张张的背影，连忙飞了过来，叫道："米博士，你在忙吗？"

突然听到有人叫自己，米博士又是一惊，待看清原来是富贵，他这才定下神来，说道："现在不忙。富贵，怎么了？我不是叫你看着实验室吗？"

"实验室我看过了。米博士，你要不要看一下？"

"看什么？"

虽然富贵的人工智能是米博士亲自装配的，可米博士也知道人工智能毕竟还有待完善，太过复杂的事，对机器人而言都是可望而不可即的。富贵已经是非常出色的人工智能了，可有时仍然听不懂人话，而它说的话也让人难以理解。像现在它在说的"看一下实验室"，这究竟是什么意思？米博士实在有点不懂。大概这证明了直接装配情感线路是行不通的，只有像7723这样具备学习功能，通过实践来不断完善才是唯一让人工智能完善的途径。

"你的实验室受到了11%的损坏，"富贵的情感线路这时倒不合时宜地发挥了作用，似乎还要卖卖关子，停顿了一下才道，"你的秘密机器人刚刚从你的秘密实验室逃跑了。"

米博士呆了呆，突然间以超乎他体形的敏捷一把抓过富贵，捂住了它的扬声器，慌张地看了下四周。好在周围并没有别人，也没有别的机器人经过。他小声道："富贵，声音调低些。你刚才说什么？"

"你的秘密机器人打烂了门，从你的秘密实验室逃跑了。"

当这个消息得到确认后，米博士只觉得双腿越发软了。突然，他拔腿就跑，富贵也不知发生了什么事，打了两个转后才追了上去。

秘密实验室在IQ大楼的底层。这儿原本是一间临时维修车间，米博士将其改造了一下。富贵说的"11%的损坏"主要指的就是门。

那扇门现在已经被炸烂了,是从里面被破坏的。

"完了……"

虽然跑到这儿来的速度不亚于富贵的飞行速度,但一见这情景,米博士一下子瘫软在地。

米博士本来打算到晚上等忙完了事后才运行7723的自学习模式,天晓得7723怎么会提前启动的。瘫了片刻,他突然又蹦了起来,叫道:"富贵。"

富贵闻声马上飞到了他身边。按照米博士先前的指令,调低了声音道:"米博士,你有什么吩咐?"

"快把监控信息调出来让我看看!"

由于秘密实验室的监控并没有接入服务器,所以当门被7723轰烂的时候,监控数据也被破坏了。经过恢复,只能看到一些模糊不清的画面。可以看到7723因为打不开门,便用武器直接将门破坏的情景。再往前,就更加模糊了。只是,隐隐约约地,在7723启动时的监控资料中,米博士看到了一个长着紫色头发的人影。

就是这个人偷走了7723?他实在想不通那到底是个什么人。

CHAPTER 003

追捕

军队已确认,危险的逃犯机器人已被销毁。
重复一遍,危险的逃犯机器人已被销毁。

不仅米博士想不通，7723到现在同样想不通。

当它的自学习模式启动时，会有一段时间的初始化状态。经过初始化后，内存就可以写入数据了。然而当初始化结束后，眼前那个给它发布启动指令的人却消失不见了。

究竟发生了什么？7723极其茫然。它打开了扫描状态，将实验室内部做了个彻底扫描，仍然没发现小麦的身影，只是地板上有个书包。

这就是自学习的途径吗？7723跪了下来，小心翼翼地捡起书包。因为刚从机床下来，这个动作还不是很熟练，7723做得十分小心。但慢慢跪下后，这一连串动作的数据被存入后，它马上就十分敏捷了。

书包上，写着"苏小麦"三个字。

"说得好听，以为当个跟屁虫就能让我喜欢你们机器人啦？我告诉你啊，我可不像其他人那么好糊弄哦，除非你保证对我百依百顺，有福我享，有难你当！"

7723调出了内存中的这段资料。发布这段初始化命令的，就是这个"苏小麦"了。虽然不知道这个苏小麦到哪里去了，但7723的自学习功能告诉它，现在该是找到这个苏小麦，接受下一步命令。而找到苏小麦的线索，应该就在这个书包里。

它一边打开书包，一边向门口走去。

门已经被关上了。本来只消开门就行，但7723还没有学习过开门的动作，当两次都无法出门时，它采取了最直接的方法：破坏大门。

"轰"的一声，门被炸了个稀巴烂。

外面的运输通道上，源源不断的Q宝6正一个个鱼贯而行。发布会上，庞贾廷宣布与会的客人人手一个最新型Q宝6，现在正在发放阶段。7723的外形与Q宝6非常相似，只是要大一些，混在这些机器人中，很快来到了大门口。门口正在进行发放仪式，由于每个与会的客人都已经存好了资料，所以Q宝6都会自行找到主人。发放仪式效率非常高，领到了最新型Q宝6的客人正在陆续离去。有一对年轻的男女正在门口等着自己的Q宝6，那个女孩一眼看到了与众不同的7723出来，叫道："哇！这个是什么？"

她的男朋友也看到了7723，顺手调出了IQ智造的新产品资料看了看，也叫道："这个是新型号吧？广告上没公布啊。"

7723并没有理睬旁人的评头论足，仍然一边径自前行，一边检查着小麦的书包。从书包的夹层里，它翻出了一张照片。

那是小麦幼年时的全家福。虽然和现在有些不一样,但那一头紫发和怀里抱着的足球,让7723马上确认了照片上这个正在沙发上开怀大笑的小女孩就是给自己发布初始化命令的苏小麦。

在小麦的右边,一个年轻的女子正抱着小麦。而小麦左边,坐着一个身穿足球衫的男人。这两个人应该是小麦的父母了。在男人的腿边,还有一只小狗站在沙发边上,一家人其乐融融的样子。而照片的左上角,贴着一道胖乎乎的彩虹贴纸。

7723抬起头,开始扫描广场。尽管广场上人很多,除了参加发布会的客人,看热闹的也来了很多,现在广场上已是人山人海,但高速运转的中央处理器很快就让它锁定了紫色头发的小麦。

小麦正一脸不高兴地准备上悬浮车,车里,一只小狗跳了出来,摇头摆尾地迎接小麦,照片上那个年轻女子已经坐在了副驾驶座上,而驾驶座上坐着的,正是刚发布的Q宝6。

虽然没有发现照片上的男主人,但小麦、妈妈、小狗,全都对上号了,无疑已经找到了苏小麦。7723正要追过去,忽然一个影子拦住了它的去路。

那是一个保安机器人。虽然7723混在Q宝6里出了大门,但保安机器人的监控马上发现了这个与众不同的机器人并没有输入主人信息。按照规定,这种未登记的机器人不能离开IQ

大楼,因此保安机器人马上就过来了。

"请站住。"

保安机器人没有情感线路,声音相当平板,不过这条命令十分直接,7723马上站住了。随着一次快速扫描,这个捧了个书包的机器人的外形资料马上被保安机器人上传到了服务器,回复也几乎在几百毫秒之内就传了回来:"残次品,立刻回收。"

资料库中没有7723的记录,细节与最新款的Q宝6有诸多相似,也有相当多的不同。尽管是全自动流水线操作,但仍然无法保证100%的合格率,因此服务器马上得出了这个结论。就在7723还在等候下一步指令的时候,它的左腕上突然多了一副手铐。

手铐是从保安机器人左臂中飞出来的。这副手铐本身就是个机器人,一铐住7723,马上自行上锁,保证目标不会脱离。7723却是一怔,它的自学习模式启动后就一直没能得到小麦的下一步指令,因此现在急着尽快找到她,没想到却被铐了起来。它低下头,打量着手腕上的手铐。

保安机器人的左手已经和7723铐在了一起,右手则在变形,很快成了一把电击枪。保安机器人不能携带正规武器,电击枪对人类无法产生直接伤害,只有威慑意义,然而对于用芯片堆积起来的机器人而言,电击枪却是致命的。电流能够破坏机器人的中枢线路，就算是具备自检测自修复功能的高级机器人，电击枪也能使之瞬间瘫痪。由于残次品具有一定的危险性，所以必须做好这样的防备措施。

电击枪开始充电。7723虽然不明白这到底是怎么一回事，但也明白危险已在临近。

"请配合回检验室复……"

保安机器人一板一眼地说着，但这句话还不曾说完，一道白光横截而过，它的左右两臂突然间脱离身体掉了下来。

白光是从7723的手臂里发出的钛合金刀。

尽管仍然无法完全理解，但7723已是十分清楚这保安机器人将要对自己做危险的举动。它现在也没有任何合法的概念，对于这种危及自己的举动，最佳反应就是先发制人。

出刀，收刀，前后不超过10毫秒，保安机器人的监视器都无法捕捉如此快速的动作，不理解自己的金属手臂为什么会断裂，7723已经冲过了它的身边。

7723的脚也能变形，当变形为滑轮时，能够以相当快的速度运行。直到它冲过那保安机器人身边时，保安机器人突然一阵颤动，这才横裂成了两半，摔倒在地。

小麦家的汽车已经开走了！7723突然行动，也正是因为看到了这一点。虽然高速滑行会消耗相当多的能量，但是7723已不再顾及了，全速飞驰而去。

按目前的速度,在一个小时以内将追上小麦家的汽车。还给她书包后,便可以进行自学习模式的下一步。

这是 7723 的处理器给出的现阶段最为合理的选择,它径直便上了车流滚滚的高速公路。

当 7723 破坏秘密实验室的时候,由于实验室的位置被米博士屏蔽在监控之外,所以没有人知晓大楼底层发生了这么一件事。只是当 IQ 大楼前的保安机器人被 7723 破坏的时候,消息马上就上传了。

"米都交通大队注意,IQ 公司有残次品机器人逃出,请立刻抓捕归案。IQ 公司有残次品机器人逃出,请立刻抓捕归案。"

几乎就在 7723 斩开保安机器人的同时,这条信息就传达到了米都的机器警察大队。当 7723 冲上高速公路,在川流不息的汽车中追寻着小麦的时候,一大队警察机器人已跟了上来。只是 7723 的自学习模式还在初始阶段,它都不知道警察是干什么的,仍在一边专心研究书包里的东西,一边躲开高速公路上的汽车努力加快速度。

"前面的机器人,你已严重违规,请立刻靠边停下,不要做无谓的抵抗!"

听到身后传来的声音,7723 一开始还以为不是称呼自己。毕竟高速公路上开车的都是机器人,而且都在那些警察机器人前面。它这时从书包里摸出了一个折纸，正在不住地打量。那是一枚独角兽的折纸，但7723的原始数据库中只有马的图像，实在猜不出这只纸折的马为什么会有角。

正自打量着，一辆警车追上了它，一个警察机器人探出头来，大声叫道："停下！立刻靠边停下！你严重违规——"

7723拿着那个折纸，仍然有点无法理解。自己完全按照高速公路的限速在行驶，显然没有违规，这个人为什么要说严重违规？难道是边上的车吗？它转过头想看一看，如果边上的车违规了好提醒驾驶员一下。可是刚转过头，"砰"的一声，一颗子弹打在了它的手上。

保安机器人只有无法伤人的电击枪，但警察机器人是有正规武器的。尤其是当机器人因为故障而不服从命令时，警察机器人有权开枪，以防事态失控。那个警察机器人见7723一直不理不睬，在它的中央处理器里，自然把7723当成个发生了严重故障的机器人。这种机器人如果不尽快处理，有可能造成极其严重的后果，因此对7723开了一枪。

这种子弹可以穿透寻常机器人的护甲，但7723身上的机甲却是超高强度钛合金制成的，子弹连一点痕迹都没能留下。但手中的折纸肯定是承受不住的，7723将折纸塞进了书包里。只是没等它再有别的举动，左右两侧突然同时发出了一团火球。就在方才这短短一瞬间的延迟，警察大队已经追了上来，从两边将7723夹在了当中。而正对着7723的两侧，两个警察机器人几乎同时向它打出了电击炮。

当刚才那颗子弹击中7723的手时，7723的高灵敏传感器已经将子弹的轨迹、速度都记录下来了。电击炮的威力虽然比子弹更大，可运行轨迹和速度却别无二致。在7723的高灵敏传感器下，电击炮打出的火球简直和爬行没什么两样。它转动了一下身体，一下让开了两边的火球。两个火球交叉而过，却互相击中了发炮的对方，两个警察机器人立刻被震得飞弹出了高速公路的路面。而就在7723伏下的瞬间，它张开了双手，从手中一下喷出了一道白光。

那是7723的激光武器。警察大队现在从两边包抄，只消一夹，便能拦住7723的去路。而7723在转瞬间已有了解决方案，就是用激光武器破坏警车的悬浮底座。

仿佛一把锋利至极的快刀削向悬挂着的萝卜一样，激光从警车队的车身下沿扫过。这儿正是汽车的车厢与悬浮底座的连接点。随着7723的突然加速，警车队瞬间被斩成了上下两半，车子自然不能再悬浮前进了，纷纷滚落地面，车上的警察机器人更是滚了一地，狼狈不堪。

虽然将一车队的警察机器人都打得滚落在地，7723却仍然不知道究竟发生了什么事。它的自学习模式能够将实践中得到的经验进行分析贮存起来，只是现在得到的经验几乎全是战斗方面的，别的方面可以说仍是一片空白。

究竟应该怎么办？7723实在不知道。它的结论就是尽快找到小麦这个发布初始化命令的人，使自学习模式能够得到全面实行。正是出于这个目的，现在在7723的概念中，解决问题的唯一途径就是战斗。本来它十分担心自己的能量会随着这样的高强度战斗而急剧消耗，但检查内部数据，却发现能量反而较刚离开IQ大楼时有所增强。

是身体表层具备效率极高的太阳能转换功能。7723发现了这个秘密之后，感到十分踏实。不过警方并不知道7723的真实情况。在警察局终端机的分析中，这个从IQ大楼逃出来的残次品机器人危险性已经上升到了第三级。具备这一级危险性的机器人，必须立即摧毁。因此当警察车队被7723击败的时候，武装无人机大队就出动了。

这时候，在7723的传感器中，小麦家的汽车与它已经相距不到1000米了。如果全速前进的话，大约10分钟就可以赶上。只是刚要再次加速，一串子弹忽然击向了7723的后背。

那是警察的武装无人机追了上来。武装无人机都装备着机枪，暴雨一般的子弹打在7723的身上，火星直冒。不过就算是机枪子弹，也无法破坏钛合金机甲，只是当子弹如骤雨般倾泻而下时，几颗子弹击中了7723怀里的那个书包。

书包被打穿了几个洞。虽然仅是书包盖，可是在7723看来，这是无法忍受的挑衅。

它一下放慢了速度。

此时警局的终端机前，城市安全部与警察的几个高层正在监控仪上看着这场高速公路上的战斗。

搜捕发生故障的机器人，自然不是头一次了。可是这个故障机器人竟然会有如此强大的战斗力，实是连想都不曾想到。

在城市出动武装无人机大队，已经是极为难得的事了。只是在监控仪上，他们看到了一场让他们瞠目结舌、几乎不敢相信的情景。那个正被搜捕、外形类似IQ公司最新产品的机器人，在遭到无人机队攻击时，突然停止了前进，双臂举起，极快地变形成两门短炮。这种短炮发射的是一种对空武器，空中黑压压一片武装无人机简直就同游园会上打靶游戏的目标一样，一个个被炸毁。

这个机器人同时具备强力长短程武器！如此危险的机器人，必须立刻消灭！

几个高层对视了一下，在沉默中便达成了这个共识。

出动特警机器人！

这便是警局的最新命令。

特警机器人已经是属于正规部队了。如果出动特警机器人仍不能解决的话，下一步就只能是战争。这样的结果是警局内部这些高层哪个都不愿见到的，所以他们在下达这个命令的时候，已然在祈求超自然力量的保佑。而这时的7723正冲入一个隧道里。

隧道大约有2000米长。当7723冲进隧道的时候，小麦家的汽车正好驶出隧道。

悬浮汽车非常平稳，隔音也超级好。茉莉还在副驾驶座上看着搞笑视频，看得乐不可支，而新领的Q宝6果然不是吹的，开起车来比Q宝5要好很多。小麦则瘫坐在后排座上，一只手有点恨恨地轻轻揪着手边馍馍背上的毛，仍在为丢掉的书包生气。在后面不过2000米远的地方发生的这些天翻地覆的事，她们至今完全不曾察觉。

飞速出动的特警已经在隧道口设下了路障，将车辆一辆辆疏散开，就等着7723出来。城市安全部已经下令，必须集中力量捉拿逃犯，如有必要，可以立即消灭。因此，特警已经将导弹都准备停当。

在城市发射导弹，有可能引发一场大骚动。城市安全部不惜冒这个风险，显然已经对使用常规武器来捉拿这个逃犯失去了信心。

这时隧道中的车辆都已经疏散完了，而后方的行车已被拦阻，整个隧道里就只有7723一个。就在这时，特警机器人向隧道里发射了导弹。

一百余颗导弹，带着长长的火舌，向着小小的隧道口冲去，仿佛发生了一场巨大的地震,硝烟弥漫,爆炸声更是震得大地都在颤动。只是就算地面也在震动,在具备无震动装置的悬浮车里根本感觉不到,而巨大的爆炸声也被车窗阻隔,根本传不进车厢里。倒是馍馍出于动物的第六感,在后座上站起来往后窗看去。

一见后面这场景,就算是一只犬科动物,馍馍也惊得呆了。马上,它跳下来,冲着小麦拼命吠叫着,想让小麦看看。只是小麦仍然懒洋洋地躺着,倒是茉莉头也不回地说:"小麦,让馍馍别叫了。"

小麦伸手挠了挠馍馍的后脑勺。她不知道馍馍为什么突然间这样疯叫起来,只是她知道这样挠后脑勺对馍馍来说是无法抵挡的乐趣。果然,馍馍叫了两声,终于舒服地趴在小麦腿边,让小麦给自己挠脑袋去了。

那个书包……还能找回来吗?小麦只觉得心里空荡荡的。别的都根本无关紧要,书包里还有自己最重要的东西。可是一想到那个不依不饶的保安机器人,她立刻又灰心丧气。

汽车越驶越快,而隧道前的战斗也越来越激烈。

说是战斗,其实这时已经是单方面的攻击了。7723虽然装备着满身的武器,可是它也无法对付如此众多的导弹。

现在已不是战斗,因此战斗经验全无用处,必须学习新的模式。7723的中央处理器很快就得出了一个结论:逃跑。

又是两颗导弹穿破硝烟直飞过来。7723已经知道手中的书包和自己不一样，自己的机甲能挡住大多数武器，书包却连什么武器都挡不住。它将书包一下抱在了怀里，一个前滚翻，正待从边上一个出口逃生。只是就在翻滚的当口，书包带断开了，书包一下子从它怀里掉了出来。

如果现在翻出出口，马上就能安全了。可是7723却转过头，伸手一把抓住了书包。只是正当它抓住书包的当口，一颗导弹就在它身后不远处爆炸。"轰"的一声巨响，7723站立着的路面却一下塌陷下去了。

强有力的导弹，竟然将路面都震得彻底垮了。随着一片洪水般的泥土和水泥碎块，7723向着深不可测的地方坠落下去。

就在它坠落的当口，警局的终端监控仪上，7723的锁定信号突然间消失了。

突然间消失，在这种情况下只有一个解释，就是目标已被摧毁。只是警察仍然不敢轻信，用无人机在狼藉一片的高速公路上扫描了好几遍，等到确认再无那个逃犯的信号时，它们才终于确认，行动胜利结束。

只是有人说城市其实是一只怪兽，有着光鲜亮丽的上面和阴暗潮湿的底部。而这时的7723就躺在了城市的底部，与一些垃圾和污水为伍。

导弹虽然没能摧毁它，却先摧毁了路面。只是它的机甲终究没能将攻击全部挡下来,现在不仅身上有了好几处破口,感知系统也发生了故障。

从泥水中爬起来,7723 按了按后脑的自检隐形开关。这开关一按下,7723 面前投射出一面全息显示屏,上面是一系列的菜单。随着自检,菜单上一列列地跳出了检测结果:

操作系统无损。

能源系统无损。

武器系统无损。

机甲受损 7%。

这时突然有一列变红了,不住跳动:"记忆系统受损 80%,系统空间发生不可逆损坏,记忆模块不足 72 小时。错误代码 Bio-hd-84416,请更换受损内存。"

按照 7723 的配置,它具备 360 小时的记忆存储量。如果不选择主动保存的话,这些记忆存储将会不断地更新,当然可以通过主动保存来记住更久更重要的事,不过一般而言,它最多能够保留 360 小时,即 15 天内的记忆。只是现在系统空间受损了 80%,那么这个时间段就缩短为 72 小时,也就是三昼夜了。

7723 将手伸进腰间的伤口里,手指变形成螺丝刀,很快拆下了一块烧焦了的芯片。这就是那受损的内存,一定是被一颗导弹爆炸时波及的。看着这块烧焦的芯片,7723 突然有些沮丧。这并不是它的情感线路第一次发挥作用,但沮丧却是头一次感受到。只是当它将这块芯片扔进了一旁的垃圾桶里后,那种不太好的感觉马上就和身上的灰尘一样消失了。

72小时的记忆,与360小时的记忆,现在的7723感觉不到有什么不同。只不过由于内存是非正常受损,所以自动更新是不行了。不过这也不算什么大问题,只要给自己增加一条每隔72小时就清理一下内存的指令就行了。机器人不同于人类,一旦接受了指令就绝对不会有误。

弄干净身上后,7723启动了掌心的3D打印装置,将机甲表面的创口焊了起来。经过这一番打理,7723马上就焕然一新,与新的没什么不同。它正要离开,眼睛突然扫描到了地上的一个书包。

那正是小麦的书包。7723摔下来时,一直抱着这书包不放。虽然摔到底部时书包被震了出去,不过这样的震动对书包自然没什么损伤。

书包上,绣着一个学校的校徽,写着"米都二中",以及"苏小麦"几个大字。

CHAPTER 004

伤害

小麦在球场上遇见了新朋友，
新的危机也在慢慢向她靠近……

米都二中是米都市的重点中学，但就算重点中学，也并不都是学霸如云的地方，至少小麦的班上就不是。

小麦站在球门前，脑海中却仍想着刚才那堂英语课。

现在的课，老师不是自己上了，全都交给了自己的机器人。而那个机器人只会照本宣科，当中还夹杂几句并不好笑的冷笑话。就算小麦还想用功学习，可上这样的课实在无异于一种折磨。而小麦的同学，更是没几个人会去专心听课，都只顾着开小差，做自己的事。

机器人真讨厌！

看着面前的球门，小麦突然一个冲刺，一脚大力抽射。足球在空中划出一道完美的弧线，直飞向球门。

看着飞翔在空中的足球，小麦仿佛把满肚子烦恼也一脚踢走了。眼看着足球渐渐飞进球门，她的喘息也不觉粗了起来。

爸爸，你看着吧……

"砰"的一声，足球却没能飞进球门，而是打在了门框上。小麦这一脚虽然准头不行，但是力量倒是不小，足球被弹得斜飞出去,砸进了边上的草丛里。

"哎呀!"

草丛里发出了一声尖叫,随即便是一堆东西倒地的声音。

又闯祸了?小麦吓了一大跳,忙不迭地跑过去。刚穿过草丛,却见草丛后一个戴眼镜的女孩子正坐在地上,足球就在边上,地上还撒了一地的书。原来小麦的足球弹过来,正好砸中走来的这个女孩子。

见这情景,小麦吓了一跳,忙跑过去一边帮着捡书,一边道:"真对不起,我不是有心的。没砸疼你吧?"

这女孩子把被砸歪了的眼镜扶了扶,咧嘴笑道:"哎呀,没事儿,我的头挺硬的,所以其实也没什么,哈哈哈。"

不小心砸到人家,小麦也觉得有点难堪,但这女孩子爽朗的笑声让她自然下来。女孩子身边没有带Q宝,这一点倒让小麦看得挺顺眼。小麦也笑了笑道:"你叫什么名字?好像没见过你啊。"

"我叫窦豆。"

这个叫窦豆的女孩子,脸长得圆圆的,还真的像颗豆子。她倒是个很热情的人,向小麦伸出了手。小麦握住她道:"我叫——"

"你叫苏小麦,我知道。"

小麦一下睁大了眼。这个女孩子居然认识自己!她不禁有些意外。只是没等小麦问什么,窦豆马上接着说道:"我们是一个班的,不过我这个学期才转学过来,并且坐在你后面,所以你大概从来没看到过我。"

小麦有点不好意思地点了点头。她上课只想好好听,好好学习,实在不想和那些同学一样交头接耳地开小差,因此一回都没转头看过,而一下课,她因为从来都不带Q宝,所以也总是早早就走了,结果连班上的同学都不认识。听窦豆这么一说,她有点尴尬,一时不知该说什么好。窦豆这时问道:"小麦,你球踢得真好。你是校队的吗?"

加入校队一直是小麦的梦想,不过到现在看来还没这可能。她抓了抓后脑勺,正想着该怎么回答这个有点尴尬的问题,身后突然传来一个声音:"她可没资格进校队!"

这声音又尖又脆,可总有股趾高气扬的意味。小麦和窦豆扭头看去,却见一个个子高挑,穿着校队服装的女孩子正向这边走来,一群跟班跟着她,每个人都带着个Q宝,有一多半是最新型的Q宝6。

这个女孩子叫花木青,是校队的队长。她因为家庭富裕,又很有运动天赋,很自然地就把同样很有运动才能的小麦看成了对手,处处和小麦作对。小麦加入校队的申请,就是因为花木青的反对而告吹的。

看到花木青过来,窦豆忙让到一边,可小麦却不想让,仍站在了当中。花木青走了过来,见小麦仍不肯让开,撇了撇嘴说道:"苏小麦,我说得有错吗?好狗不挡道,让开点,这么简单的道理不懂啊?"

小麦肚里已经把花木青骂了个狗血喷头,可她也知道真骂的话就犯校规了。她说道:"花木青,可球场不是你们家开的!"

花木青道:"也不是你家开的!"

这两个女孩子跟斗鸡似的互相瞪着,窦豆在一边有些害怕,生怕她们会打架。只是花木青很快移开了视线,用手在鼻子边扇了扇,似乎扇掉些根本不存在的臭味,说道:"对了,我忘了你也会踢球啊。可是你怎么踢得那么差?难怪没资格进校队。你爸不是球星吗?他没教你啊?哦,你早就没爸爸了,哈哈……"

听花木青说起爸爸,小麦心头的伤口仿佛又被人捅了一刀,鼻子有些酸酸的,不由得低头不语。这在花木青眼里自是认输的样子,她直直走了过来,用肩头将小麦重重一撞。小麦被她撞得踉跄了一下,险些摔倒,窦豆忙过来扶住她,结果手忙脚乱地将手中刚收拾好的那堆书又撒了一地。花木青却得意地招呼她那些跟班道:"校队的,跑起来,传球练习!别跟不相干的人费话!"

看着花木青这副模样,窦豆轻声道:"小麦,要不我们找个别的地方吧。"

她没听到小麦的声音,这才仰头看去。才一触目,便是心里一沉,心想:糟糕了!小麦的脸上已是阴云密布,眼里几乎要喷出火来。窦豆有些心慌,小声道:"小麦……"

"喂!花木青!"

小麦突然大声冲着那边的花木青喊道。花木青正带着那些跟班做着跑步前的热身运动,听到小麦的声音,转头道:"干吗?"

她的头刚转过来,眼前便是一黑,耳中也听到了"啪"的一声巨响,随之便是金星乱冒。那是小麦猛力踢出的一球,足球不偏不倚,正中花木青的正脸。这一球踢得着实不轻,花木青毫无准备,一下子摔了个四仰八叉。她边上那些跟班见状都吓了一大跳,围到她身边扶起她来。

足球把花木青一张长得挺好看的脸砸得尽是泥痕,鼻血也砸出来了,顺着脸颊流下来。花木青恼羞成怒,叫道:"苏小麦,你找死!"

方才花木青说小麦球踢得差,所以进不了校队,又说小麦的爸爸早死了。这些话虽然都没说错,可小麦听在耳中却着实受不了。她一怒起来也有点不管三七二十一,火气上来了,便一脚把球踢了出去。本来小麦也觉得以自己的实力肯定踢不中人,不过吓花木青一跳也好,谁知这一脚竟然踢了个正着。看到花木青的脸成了这样,她也有些后悔,只是在花木青面前,她实在不想道歉，梗着脖子道："怎么样？好狗不挡道，让开点，这么简单的道理不懂啊？"

这话就是花木青刚才冲小麦说的。现在回敬过来，花木青更是恼怒，她冲着小麦一指道："去！给我拿下她！"

边上的跟班听了却有些犹豫，说道："花木青，打架不好吧……"

虽然她们人多，小麦加上窦豆也就两个，窦豆看样子也不会打架的，可真要在操场打架，教务主任肯定会立马过来干涉。花木青喝道："谁叫你们自己动手？不是有Q宝在吗？捶她！"

Q宝是伴侣机器人，本不适合打架，但只要发布命令，它们一样会打人的。那些跟班这才恍然大悟，马上把十来个Q宝都叫了过来。散开时只是一个个矮矮胖胖的小机器人，聚到一块儿却显得有几分威慑力了。花木青的Q宝带着这一群小机器人，向花木青道："主人，怎么捶？"

虽然机器人什么家务都会做，可捶人显然并不是家务的一种。花木青伸出拳头，冲着身边的一个跟班打了一拳道："这样捶！"那个倒霉的跟班虽然没来由地被花木青打了一拳，仍是道："听到没有？就这样捶她！"

见这么一群机器人举着拳头冲自己逼近，小麦也有些慌神，叫道："来啊……铁冬瓜！我怕你啊……"

这话说到后面，声音便不由自主地轻了，显然有些泄气。

看着这么多铁疙瘩冲着自己不依不饶地过来，小麦说不怕，终究还是怕了。

这个时候，三十六计，走为上计！小麦想着，正想转身便逃，可花木青的Q宝已经突然加速，冲过来一把抱住小麦的腿，随之一大群Q宝全涌了过来，潮水一样将小麦淹没了。

窦豆吓得脸都白了，叫道："花木青同学，你叫它们别打了！苏小麦同学要被打死了！"

花木青这时已经把脸上的血擦干净了，只是为了止住鼻血，鼻孔里塞了团棉花。她说道："不会打死的，谁叫她不肯道歉！接着捶！"只是看小麦在一大群Q宝中左挡右突，却死也不投降。花木青一样有点心慌，忙接着道："再捶……半分钟！"

虽然Q宝系列的机器人设计的初衷并不是用来打人的，可是当小麦终于从那些密密麻麻的Q宝中挣脱出来的时候，已是鼻青脸肿，一只眼睛黑了一圈，成了熊猫眼，嘴唇裂了个口子，比花木青狼狈多了。

她躲在学校卫生间里，洗着脸上的血污。窦豆在门外担心地问道："小麦，你没事吧？"

"没事。"

小麦将一张创可贴熟练地揭开，贴在了伤口上，冲着镜子咧嘴笑了笑，以示真的没事。这伤倒真的没什么大碍，只不过一咧嘴，牵动了嘴角的伤口，小麦一下又痛得龇牙咧嘴。只是她怕窦豆担心，忙道："真没什么事，睡一觉就好了。窦豆，你先回家吧。"

这点伤，睡上一觉的确会好得差不离了，只是今天晚上大概小麦睡都睡不好。可是小麦这么说了，窦豆自不好再说什么。她道："那，小麦，我先回家了啊。"

"你回家吧，我再待一会儿。"

在卫生间当然没什么好待的，只是小麦实在不想让别人看到自己这副样子……虽然自己经常会这模样回家，这一次还不是最惨的。

她转身打开厕所隔间的门，里面的马桶忽地开了盖，活像一个人咧嘴一笑："欢迎使用。"

这也是个机器人。只是现在小麦看到机器人就是一肚子的气，她也不想上厕所了，把门一摔，转身就走。

拎着足球独自离开学校，搭地铁回家，这是小麦每天放学后的程序。平时还没什么，但今天走到一如既往车水马龙的大街上，几乎所有人都有机器人陪伴——除了小麦，她就越发地闷闷不乐。

被那些 Q 宝捶了一顿只是小事，让小麦感到难受的，是花木青又提起了爸爸。关于爸爸，小麦总是记忆犹新，还记得爸爸刚不在的那段日子里，她还经常在黄昏时去等爸爸回家——直到太阳下山，妈妈叫她吃饭，小麦才想起爸爸永远不会回来了。这些记忆时不时会涌上心头，比脸上的伤还要痛。

如果能忘记，也会好一些吧。

小麦想着。可是记忆就如同深深地镌刻在脑海中一样，怎么都忘不掉。不仅仅是小麦不想忘记，同样也是不能忘记。

地铁到站的时候，天已经快黑了。前面就是小麦的家，她刚走到门口，一个声音忽然响了起来："收信啦！"

这时门口的邮箱机器人提醒有信件来了。小麦一把拉开了邮箱门，把里面的信全都撒在地上。自从爸爸去后，也不会有人给她们母女写信，这些邮件全都是些无孔不入的广告信。小麦实在很讨厌那个每天将她们家邮箱塞得满满当当的快递机器人，可是那机器人太灵巧了，哪回都捉不住它。

一走到大门口，那扇门便自动开了。这门也是个机器人，能自动识别，因此这个时代已经没有钥匙了。小麦在鞋架机器人前换了鞋，刚走进玄关，一个小小的黑影仿佛滚动一样到了她脚边。

那是馍馍。馍馍大概分辨不出小主人脸上有了点不一样，仍在小麦面前拼命摇着尾巴讨着好。平时小麦总要和它玩一会儿，可今天实在没心思，她摸了摸馍馍的头，走进了客厅。

客厅里，茉莉正和那个新到家里的Q宝6左摇右晃地比画着什么。小麦见妈妈就在客厅里，不禁有些担心，因为妈妈看到自己脸上的伤，准会说个没完的。只是茉莉听到声音转过身来时,脸上却戴着副 VR 头显。

妈妈在做全景健身操啊,小麦想。戴上 VR 头显,妈妈看到的就是另外一副模样了,她也许正在面朝大海,要不就是在哪座山里攀爬。而通过 VR 头显看到的自己,准是她梦想中的一个乖巧恬静的女儿。

"小麦回来啦?我马上好,一会儿就做饭啊!"

妈妈只不过扫了一眼就又转过头去了。就算 VR 头显里见到的是那个乖巧恬静的自己,妈妈也不会多看一眼的。小麦暗暗叹了口气,大声道:"不用,我自己煮面。"

能逃过妈妈唠叨的一劫,小麦的心情多少要好一些。她走到厨房里,从橱柜中翻出一个杯面。这杯面也是个机器人,只消一启动,就什么都不用再做了,杯面自己会加水加热,然后送到嘴边。

小麦坐在厨房里等着面煮好的时候,茉莉在客厅里正拼命地扭来扭去,也不知现在 Q 宝 6 往她的 VR 头显里放送了些什么。

"今天怎么样?"

茉莉的声音传了过来。小麦顺口道:"我把学校砸了。"

"挺好的!再接再厉!"

和往常一样,小麦又暗暗叹了口气。妈妈根本不关心自己白天到底怎么样,别说是把学校砸了,就算自己说将米都市炸了个底朝天，妈妈大概同样会说"挺好挺好，再接再厉"。

这时杯面发出了"叮"的一声，盖子自己打开了，随即是一段欢快的广告歌。这是出品方降低成本的方法，而买面的人也只能在吃面时忍受这段关不掉的广告歌。

小麦强忍着把这个泡面机器人一拳砸扁的冲动，在广告歌的伴奏下吃着面条。

"泡面咯！泡面咯！泡妞不如来泡我——"

吃完最后一口面条，泡面机器人意犹未尽地还在重复着这首广告歌，小麦将筷子往杯面里一戳，转身向楼上跑去。那泡面机器人还在乐呵呵地唱着广告歌，加速往厨房的垃圾桶跑去。

哪里都是机器人！小麦从来没觉得自己和今天一样那么讨厌这些机器人。她上楼的脚步也越来越沉重，刚走到一半，却听到茉莉在说："小麦，你上楼干吗呀？马上就可以开饭了。"

茉莉到这时才有点感觉到女儿的异样，终于摘下了VR头显看向楼梯上的小麦。小麦听到妈妈的声音，停下步子说道："我不饿。"

"哎呀，闹情绪啦？妈妈平常是怎么教你的啊？背对着跟人讲话很酷是不是？"

小麦翻了个白眼，无可奈何地转过身来道："好吧，我错了。我可以上去了吗？"

她的声音里充满了敷衍，只想着尽快回自己房去。可是当小麦一转过身，茉莉便是一怔，马上跑到楼梯上，站在小麦跟前打量着她脸上的伤痕。

"小麦，你脸上是怎么搞的？"

茉莉的声音里有着平时难得的温柔，这让小麦有些心虚，她低下头道："没事，我今天摔了一跤。"

这模样并不像是摔跤摔的。自从小麦的爸爸去世后，茉莉已经不止一次看到女儿这副样子回家了，她知道小麦准是又打架去了。她叹了口气，伸出双臂将小麦搂在怀里。这个动作让小麦倔强的神情一下软化下来，轻声道："真的没事，妈。"

"我的宝贝，跟妈说，是不是那些坏同学又欺负你了？"

茉莉的温柔让小麦终于投降了，她吸了吸鼻子，点点头，眼眶已经湿润了，泪水马上就要流下来。

茉莉轻轻拍了拍小麦的后脑勺，柔声说道："我知道，你在学校不好过，有时候我自己也觉得日子不好过，可其实我们并不孤单。"说到这儿，她将身子向后仰了仰，伸手将小麦的头发捋到脑后，爱怜地笑了笑，接着说道："你知道为什么吗？"

因为我还有妈妈！小麦的嘴唇抽了抽，强忍着扑在妈妈怀里痛哭一场的冲动。

"……因为，一个人也挺好，因为你有 Q 宝！"

小麦的神情一下僵住了。她怎么也没想到妈妈居然得出这么个结论，还生怕自己听错了，问道："Q 宝？"

"有了 Q 宝，你就不会再孤单。Q 宝，你的贴心伴侣。"

这句广告词小麦听得耳朵都生出老茧了，就算从不喜欢机器人的她也是熟而又熟，她猛地从妈妈怀里挣脱出来，有点失态地叫道："你每次都这样，你跟 Q 宝过一辈子算了！"

她再也忍受不下去，一下冲上了楼，冲进自己的房间，将房门重重一关。门却发出了"嘭"的一声，似乎夹到了什么，原来是跟着小麦进来的馍馍被夹在门缝里了。

门也是机器人，智能化模式保证不会夹伤人，馍馍被夹了一下也完全没事，只是晃了晃脑袋便跟进了门。它也不知道小主人到底发生了什么事，见小麦在床上翻着床头的洗衣篮，便也想跟着到床上去。只是对于它那四条小短腿而言，这床也高了点，蹦了好几下才算爬上去。

小麦的床头，贴满了足球海报和乱七八糟的画，地上也是乱七八糟的玩具。在她的枕头边的墙上，贴的则全是照片：小麦的、茉莉的、馍馍的，唯独最中心的位置是空的，有一张照片不见了。

小麦从洗衣篮里取出了一件足球衫套到了身上。这件足球衫对小麦来说大得异乎寻常，小麦穿上后几乎整个人都被盖住了。

这是爸爸最后一次换下来的足球衫，洗好后，就再也没有人穿过了。小麦穿上足球衫，一下倒在枕头上。

枕边墙上的照片里,小麦的、茉莉的,还有馍馍的,全都笑容可掬。只是小麦已经忘了自己的笑容失去多久了,她看着照片墙当中那块空缺,眼泪终于淌了下来。

眼泪流下来时,颊边突然感到有些温热,却是馍馍舔掉了小麦流下的泪水。小麦抱过馍馍,轻轻给它挠着后脑勺,馍馍也舒服得不住打着呼噜。

"馍馍,你知道我在想什么,对不对?我就知道你最懂我了!最棒了!最好了!我最爱你了!全世界只有你最懂我了!"

馍馍的眼睛也在发亮,仿佛马上就要说话。小麦在一瞬间似乎已经听到了馍馍的声音,可是——

"汪!"

馍馍发出的,只是一声温柔的吠叫。就算再温柔,终究只是狗叫而已。小麦怔了怔,终于失望地将馍馍放下。

"不要哭。不管什么事,首先要靠自己!"

小麦仿佛又听到了爸爸的声音。那还是她学走路的时候,爸爸带她到外面,结果小麦摔了一大跤,正在号啕大哭的时候,爸爸扶起她,这样跟她说的。虽然过去好些年了,可小麦仍然记得清清楚楚。

对,靠自己!

她伸手启动了床边的电脑,面前立刻出现了一张悬浮在空中的全息屏幕。

小麦首先搜索的是自卫术教学。可是看看那种动不动就挖眼睛、掐要害的动作，实在没办法接受。再搜一下武术培训班，却是几个五大三粗的汉子正在随着音乐做出几个架势，让小麦差点以为自己错搜成舞蹈培训班了。

搜了一阵，觉得一个靠谱的都没有。这时馍馍忽然在她身边拱了一下，跳下了床，从门缝里挤了出去。大概馍馍觉得小麦不和自己玩很没劲，准备回后院自己的窝里去吧。看到馍馍的身影，小麦灵机一动，在网上搜了条"如何教狗咬人"。只是很遗憾，出来的却是"被狗咬了怎么办""如何教狗不要咬人"之类。何况，看馍馍这模样，别说去咬花木青了，连和花木青的 Q 宝单挑也一准赢不了。

CHAPTER 005

重逢

夜色中潜入后院的不速之客，目的是……

正在小麦专心搜着该怎么报这个仇的时候,小麦家的院子里突然闪进了一个黑影。

这正是追踪小麦而来的7723。

从地图定位到米都二中,再从米都二中锁定了小麦,然后根据踪迹寻到这里来。对于7723这样的优秀机器人,也花了大半天时间。

这里便是苏小麦的家吗?从监测仪反馈回的信号来看,屋子里有三个生命体:一个小型,一个大型,一个中型。按照先前的资料来看,中型生命体应该就是苏小麦了……

7723正在进行分析的时候,后院门忽然开了,一个影子流星似的直扑出来,冲向了7723,随即冲着它便是一阵狂吠。

这正是馍馍。馍馍虽然不太会咬人,可吠叫却是强项。当它出了门正想回自己窝里,一眼见到后院里站了这么一个异样的东西,自然立刻就扑过来狺狺地吠叫,以尽自己的职责。

是那个小型生命体。

在很短的时间里,7723便已经对馍馍做了一番全面扫描,包括对这种奇怪的语言也进行了分析。它体内强大的中央处理器能够在极短时间里就破译一种全新的语言,因此没等馍馍吠叫满一分钟,7723搜集到的语音资料就已经足够破译出来了。

"切换新语言。"

这条命令在自学习模式下立刻被启动了。7723蹲下身,向着馍馍说道:"汪汪汪汪,汪汪。"

在人类听来,这只是一阵狗吠,但在馍馍耳中听来,却是一句话:"你好,小型哺乳动物。"

馍馍正叫得起劲,听到这个机器人居然会说自己的话,便是一怔,但它马上便又叫了起来:"你谁啊!干吗呢!小样儿,招子给我放亮点!告诉你,这儿是你馍大爷的地盘!"

7723向馍馍伸出手去:"你认识苏小麦吗?"

馍馍怔了怔,马上恨恨地叫道:"你个铁皮怪物想做什么?大姐头是我馍大爷的,是私有财产懂不懂?少打她的歪主意!要是敢叽叽歪歪,看馍大爷不咬你!"

馍馍越说越来劲,见7723居然还伸出手来,于是毫不客气地龇牙扑上,一口咬住。只是7723没有痛觉,馍馍的牙齿也根本咬不坏7723的钛合金机甲,这一"人"一狗就这样僵在那儿,声音倒是戛然而止。就在这当口,后院的门忽然开了,小麦大声道:"馍馍,别闹了!"

馍馍下楼后,小麦仍然专心在网上搜索。正在搜如何让小狗变得爱咬人的时候,楼下传来了一阵汪汪汪的叫声,听得出一个是馍馍的,另一个很陌生。她原本还没往心里去,可是这叫声越来越急,她生怕是陌生的野狗闯到自己家后院来,馍馍说不定会吃亏,便下楼出门来看个究竟。

当小麦一探出身子,7723的传感器马上就锁定了这个女孩。一切特征都与苏小麦相符,7723只觉得情感线路马上产生作用,眼睛顿时亮了起来,在花圃里兴奋地冲小麦招手。

见并不是野狗,而是IQ大楼里见过的7723,小麦脸一下拉长了,嘟囔道:"什么情况?怎么又是你啊?"

她并不知道7723曾经在高速公路上惹出了一场轩然大波,还为这个白痴机器人追到了这儿感到奇怪。馍馍咬着7723的手指半天了,这时终于咬不住,一松口跌到了地上。只是它仍不肯罢休,还是冲着7723乱吠。不过小麦听着是乱吠,7723却听得出馍馍又是威胁又是哀求。

小麦走过去,拍了拍馍馍道:"别叫。"又向7723满是戒心地问道:"你怎么来这儿了?"

7723从身下拿出一个书包道:"你好!我是——"

"我的书包!"

没等7723说完,小麦便一把夺过了自己的书包。虽然这书包盖上多了两个洞,东西也少了一些,不过往里一翻,小麦一下翻到了那张全家福照片。照片倒安然无恙,连个折角都没有。她长嘘一口气,把照片小心翼翼地装进兜里,抬头看向7723。

这个机器人专程把照片送回来,小麦顿时对这个白痴机器人少了几分敌意。她道:"真是的……书包都被你弄坏了。你到底是谁啊?"

"我是白痴。"

这个回答太出乎意料,小麦一怔,马上回过神来,这是自己跟它说的话。看来这个机器人真的很笨,什么都会当真。不知怎的,小麦只觉心里软了一下,说道:"我说你这个机器人可以啊,还知道自己是个白痴,行了,哪儿凉快哪儿待着去,我可没空搭理你。"

平时对谁这么一说的话,那人一准就掉头走了,可是7723还是站在原地一动不动。小麦反倒有些尴尬,叫道:"哎哟,你还在这儿干吗?你是听不懂人话吗?啊?我讨厌机器人!快走开!"

7723的眼睛闪烁了一下,显然对小麦这一段指令有些不能理解。直到现在,它仍然不知道"讨厌"意味着什么。它顿了顿,说道:"我十分享受翻阅您的私人物品。"

"大哥,我看你真病得不轻,还有爱偷窥的毛病?你有多远走多远吧!"

这时突然从屋里传来妈妈的声音:"小麦,这么晚了磨蹭什么呢？快点刷牙睡觉啦！"

茉莉正在卫生间刷牙、洗脸，准备休息了。她在里面也听不清外面在说什么，只听到一阵狗叫，然后是小麦的声音，只道是小麦这么晚了还在跟馍馍玩。小麦一直最不愿意刷牙，每天早晨都千方百计地逃避刷牙，晚上这次就绝不能让她再逃了。

随着一阵广告歌，一个牙刷机器人从二楼窗户一跃而下，直击小麦面门。

这支牙刷机器人里，茉莉专门设置了强制命令，就算小麦再不乐意，牙刷机器人也会让她刷得白白的。和别的日用型机器人一样，生产商也是通过让顾客强制听广告来降低成本。只不过这支牙刷是茉莉当初到南方出差时顺便买的，因为买时没细看，里面的广告还都是南方方言版，后来发现时也懒得换了。只是对小麦而言，比一个唱着广告歌的牙刷机器人更讨厌的东西，就是一个唱着外语一样广告歌的牙刷机器人。

她的脸一下子白得跟纸一样，牙刷机器人却已经一下冲到了她跟前。

"暴走牌牙擦，唔擦都要擦！"

这个鬼叫样的广告歌简直像根针一样要钻进小麦的脑袋里去。现在逃吗？只是跟这牙刷机器人斗过不止一次，每回她都没赢过。眼看着牙刷机器人高唱着那支方言广告歌，欢天喜地地要捅进小麦嘴里去，从一边忽地飞过一道光，将牙刷机器人轰成了两半。

那是一边的 7723 手上放出的等离子光波。牙刷机器人虽然已经动弹不得，但扬声器倒还没坏，仍是不依不饶地放着广告歌：

"细个擦擦牙，大个牙擦擦！我擦……我擦……一日要擦两次……"

又是一道光射来，原来是 7723 补了一枪，这回牙刷机器人才算彻底完蛋。

小麦倒吸了一口凉气。她见过的机器人里，也就保安机器人有把吓唬人用的电击枪，有正规武器的机器人她还从来没见过，没想到这个叫 7723 的机器人居然有这么厉害的一把枪！见 7723 收起了武器要走，她却急了，追上去叫道："英雄……大侠，等……等一下！"

7723 跟刹车一样站定了："是，等待中。"

小麦走到它跟前，小心地指了指 7723 的手道："你刚才用的那个……是什么来着？"

"4 万兆瓦能耗脉冲离子枪。因为刚才那个机器人要伤害你，所以我才使用的。"

小麦抓了抓脑袋。"脉冲离子枪"？她也不知道这到底是个什么东西，不过既然 7723 说这枪的能耗是 4 万兆瓦，那一定非常厉害。至少，花木青和她的跟班们那些Q宝6在这件武器面前要逊色多了。只是她还是有点担心，问道："离子枪……合法吗？"

这对7723来说，也是个新词，它还没学到"法律"一词，对于合不合法更没概念，反问道："合法？"

说话的时候没有标点符号，小麦也听不出7723这电子合成音里的反问语气，见7723这么回答，她心道：就是，我也是多问了。这个白痴机器人既然装上了枪，当然是合法的。她犹豫了一下，问道："你到底为什么一直跟着我？"

"我的目的是向人类学习。但你的最新命令是要我走开，那我立刻就离开。"

这回小麦见它要走却是急了，叫道："等等！我没叫你走开啊。"话音刚落，却想起刚才还冲7723喊着"有多远走多远"，又有点心虚地说，"刚才……刚才我不过是叫你稍微走开一点，你踩着花了。"

7723有点茫然，说道："那我到底要离开多远？"

"没多远没多远！"小麦说着，又道，"那么，你说你的目的是向人类学习，就是要我教你了？"

"正确。"

小麦心头一阵狂喜。她也不知道自己怎么运气这么好，天上掉下这么个厉害的机器人，还对自己言听计从。她道："这样啊……不如我们做个交易,你怎么看?"

"看什么?"

真是个白痴机器人!不过小麦这句话终究没说出口,如果一说出来,7723大概又要说自己叫"白痴"了。她说道:"就是……反正就是教你,你要听我的,懂不懂?"

"好的。我是白痴。"

小麦有点哭笑不得。这个机器人身上有那么厉害的武器,可看上去真的和一个白痴差不多。她说道:"你不叫白痴,你的名字是7723。"

"7723?"

7723指了指自己,小麦顺口道:"对,你就叫这名。"眼睛却在打量着四周。

这个机器人,得找个地方安顿一下。要是让它站在后院,明天妈妈一见,准会马上报警送走。小麦转了一圈,目光落在了墙角一间老旧的小木屋上。

这是小麦家的工具屋。爸爸在的时候,平时有空就拿出工具来打理院子。爸爸说,这也是一种锻炼。只是爸爸不在后,茉莉却不喜欢这种锻炼,现在木屋已好几年没开过了。小麦打开了门,说道:"进去吧……馍馍,你别进去。"

7723钻进木屋,里面虽然不大,却刚好容得下。小麦道:"好啦,今晚你就住在这儿吧,明白吗?"她看了看手上那破书包，顺手扔给了7723道："这书包就给你了。"

7723一把抱住书包，又惊又喜地说："真给我了？"

"当然给你了。今晚你就好好睡一觉。你需要睡觉吗？啊，随便吧，总之我明天会带你去活动活动。你明天好好表现，这个就是你的了。馍馍，走吧！"

小麦一把捞住又要往木屋里钻的馍馍，转身离开，心里却有点嘀咕：这机器人怎么好像聪明了不少？

小麦自然不知道，7723的程序与一般的机器人完全不同。它是自学习模式，包括情感线路在内，都是需要在实践中学习而得的。与人类接触越多，7723就越完善，与人类也就越接近。从启动以来，7723就几乎没和什么人接触过，所以显得跟白痴一样。但是仅仅和小麦接触了这一段时间，就足以让7723产生第一次进化了。

月光从木屋的窗里映进来，洒在7723的身上。不过就算这一点光，也能让7723的光能转换开始工作。积少成多，这样休息一晚，应该能够将能量补充大半了。趁这时候，它再一次检查了一遍书包。

书包里，那只折纸独角兽还在。它将折纸取了出来，放在木屋的架子上。这样放上去，折纸一下精神多了。

原来是个装饰品。7723终于解决了一个难题，心满意足地将腿伸了伸。只是这时从它体内突然响起了一阵警报，

7723 的脑袋前方跳出了一个全息显示屏，上面已经亮起了红色的警告标志：内存不足。

7723 点开了警报，全息显示屏上出现了这样两行字：

警告：记忆模块不足 48 小时。

推荐操作：请及时清理系统空间，防止输入障碍。

因为高速公路上那一场大战破坏了它的内存，7723 的内存只能贮存 72 小时了。一旦数据过多产生溢出，会引起它的系统崩溃。现在必须把已贮存的 24 小时资料中不必要的删除掉。

记忆是以小视频形式贮存的，每一段记忆都有一个图标。7723 打开了内存模块，一段段检视过去。

在 IQ 智造与小麦的相遇，高速公路追逐战，一个精致的鸟窝，愤怒的馍馍，小麦和牙刷的大战。7723 将与小麦无关的记忆一个个删除。当检查了最后一次，退出手动删除模式，诊断系统发出了回馈："系统空间清理成功。警告：记忆模块不足 51 小时。"

只消除了 3 小时的记忆啊。不知怎的，7723 对失去的这 3 小时记忆也有些舍不得。它仰起头，透过小木屋的窗子看向外面，对面正是小麦的房间。

小麦已经爬进被窝，枕头边的照片墙当中，全家福已被挂回墙上它专属的位置了。小麦也不知梦到了些什么，嘴角微微翘起，有一丝难得的笑意。

正当整个米都市都沉入梦乡的时候，IQ智造宽敞的生产车间里仍是一派热火朝天的景象，无数机械手臂和3D打印机正在组装着密密麻麻的Q宝6。

在高处的新品生产线监控室里，有个人正注视着这一切。

那正是庞贾廷。与他形影不离的战王仍在他身后，从监控室窗子里俯瞰着井井有条的车间。

门口突然传来了一阵喧哗，是米博士的声音："你做什么？你是老子做出来的！知道吗？"

随着声音，米博士被一个保安机器人推了进来。确切地说，是押进来的，米博士显然反抗过，但他的力量远比不上机器人，所以只能就范。他一进门，庞贾廷也不回头，说道："米大力博士，是我让保安机器人请你过来的。"

虽然这种"请"完全名不副实，但一听到庞贾廷的声音，米博士脸上的愤怒一下消失了。他一瘸一拐地朝庞贾廷走来，说道："老庞，你在啊……对不起对不起，我不知道是你叫我的。怎么了？生产线出故障了？"

庞贾廷转过身，从头到脚打量了一下这个又矮又胖的同伴，过了好一阵才慢慢说："没有没有没有。我就是突然有点想你了……当然，也有点小事。我怎么听说……今天发生了一起事故？"

米博士"哦"了一声。

"在绕城高速上。"

庞贾廷向米博士靠近了一些。而听到"绕城高速"四个字，米博士脸色便是一变，干笑道："是吗？我……我还没看新闻。"

庞贾廷又向前凑了凑，他的鼻子差不多要顶到米博士的鼻子了。他道："肇事的是个机器人，听说出动了武装无人机队也没能拿下它，直到特警队出动才把它轰成了碎片。这件事你不知道？"

米博士咽了口唾沫，嘴角咧了咧，做了个既像是哭又像是笑的表情，说道："现在知道了。"

庞贾廷死死盯着米博士，直到米博士几乎要哭出来似的。他突然一伸手，从米博士的工作服口袋里掏了个东西出来。见庞贾廷掏出这东西，米博士手动了动，似乎想夺回来，但还是没有动。

拿出来的，是一块烧焦的芯片，大概是从哪个故障机器人身上拆下来的。庞贾廷将这芯片在手中摆弄了一下，这才往后一靠，站直了道："还有一件很有意思的事，据说肇事的机器人是从IQ智造出来的，是你私下造的。我很好奇，你最近是不是很闲啊？"

庞贾廷此时的声音又有那股阴阳怪气的味道，每说一句话，喉咙深处总发出一些轻微的"咝咝"声。米博士抹了把额头的汗道："老庞，事情是这样的，我可以跟你解释清楚——"

"不用了，米大力博士，你知道我向来不爱……干涉员工的业余爱好。要记得，我们当初联手创办 IQ 智造，就是因为有这样的爱好不是？"

米博士不由自主地瞟了一眼站在庞贾廷身后，跟一堵墙一样悄无声息的战王。当初他和庞贾廷都还年轻，同时被称为人工智能界的双璧。那时他们也都意气风发，充满理想。当时的作品，就是战王这样的武装机器人，那也是他们后来联手创办 IQ 智造所依靠的第一桶金。而战王，就是那时留下来的最后一个武装机器人。只是后来，商业上越来越成功，他们两人却也越来越远了。特别是庞贾廷那场大病过后……

想到这儿，米博士问道："老庞，你的病现在怎么样了？"

庞贾廷拿出一把小梳子轻轻梳理了一下原本就很整洁的须发，说道："病？早就好了，现在也能把精力全放在公司业务上了。所以，米博士，你对科研的热情让我十分感动，只不过……你要把热情都倾注在一个地方。"

庞贾廷说着，伸手按了下监控台上的一个按钮。就在监控室下方的车间地面突然升起了一个展示台，台上站着一个最新型的银色 Q 宝 6，银光闪闪，光亮耀眼。

"Q 宝 6，人手一个。米博士，没忘了这目标吧？"

米博士点了点头："我知道我知道。不好意思，我最近心里有点乱。"

庞贾廷将那块烧焦的芯片塞回到米博士口袋里，说道："所以，米大力博士，你那些业余爱好，请稍稍停一下吧，要知道什么才是……"

这时站在他们身后的战王突然眼里放出了红光，车间中央的展示台突然升起了一个硬纸壳做的人形。这人形与一个真人一样大小，是一个孔武有力的男人，肌肉累累，充满了力量。只是展示台上那个银色Q宝6突然一跃而起，一把抱住了这个纸壳人，随之——

嘭！

银色Q宝6爆炸了。展示台上，现在只剩下一片焦黑，无论是展示用的银色Q宝6，还是那个刚升起来的纸壳人，现在都已经成了一堆碎屑，再不可寻。

"……最重要的。"

庞贾廷这句话，到现在终于说出了最后四个字。米博士已是一脸惊恐，不住地点头，话都说不出来了。

倒是庞贾廷却一下笑出声来，一张脸又变得充满了活力，声音也重新饱满而圆润："米大力博士，当初我们说的要做一件大事。不过以前都不大，眼前，这才是我们要搞的大事情——Q宝6！"

米博士已经只能连连点头。庞贾廷又笑了笑道："那我先走了。米博士，车间就交给你了，别忘了，人手一个！"

"好的好的。老庞,你走好。"

米博士这时已只能点头哈腰了。当庞贾廷和战王都走出去,他这才长嘘一口气,低头看向生产线上的Q宝大军。

这玩意儿人手一个……

这样的前景,米博士实在不敢细想。他从口袋里摸出了那块烧焦的芯片,在面前看了又看,眼神中透出了一股绝望。

庞贾廷并不知道,这块芯片是米博士派他的秘书无人机富贵偷偷出去找到的。富贵说是从底层的垃圾堆里找到了这块芯片,别的就什么都没有了。米博士其实早知道高速公路上发生的这场骚乱,也清楚地知道骚乱正是7723引起的。现在这块内存芯片成了这样,无疑7723已在骚乱中被打成一堆碎片。

老庞……

米博士若有所思地看着这块已经报废的芯片,仿佛想从中看出些什么来。他与庞贾廷很久以前就是朋友,那时他们同样有一个将人工智能完善的梦想,也为此而共同努力。只是在六年前庞贾廷得了一场重病,后来虽然奇迹般地康复了,可是庞贾廷却仿佛换了一个人一样,IQ智造在他的带领下,也越来越偏离当初的理想了。就以这最新上市的Q宝6来说,尽管硬件设计都是米博士的手笔,可是软件的更新升级全是庞贾廷在做,以至于米博士都不了解Q宝6到底增添了什么功能,就如刚才庞贾廷演示的那一场小小的爆炸,从来没在米博士的设计书上出现过。

如果7723能成功,利用7723的经验就能将Q宝6进行一次消毒式的升级,可是7723也因为不明原因而失败。现在自己的秘密实验室已经被庞贾廷发现,再没有可能重新做一个7723出来……

米博士眼中的绝望已是越来越浓厚。他紧紧握着那块烧焦的芯片,只觉得身体里的力量也在一点点地流走。

CHAPTER 006

复仇

女孩带领7723开始了复仇之战,而此时潜藏在黑暗中的坏人,摘下了伪善的面具……

"快跑起来！"

米都二中的操场上，花木青正带着校队在晨练。今天的操场因为校队集训，所以别人都不能使用，偌大的操场只有校队的人在用。

花木青虽然是个女孩子，不过高挑的个子让她跑得相当快速。当带球冲到球门前时，她忽地一脚踢出，足球带着风声直冲球门。守门的虽然是个胖胖的女孩子，可动作却异乎寻常地灵活，一个箭步冲过来，足球被她用身体挡住，弹了出来。只是，刚挡出这个球，从另一边忽然又飞来一个足球，从空隙间钻进了球网里。

怎么会多出一个球来？她们正在诧异，有个人欢呼着跑进了球场，边跑还边朝校队挥手问好，叫道："进啦！帅气！"

那是小麦。虽然小麦嘴角还贴了张创可贴，但眼睛上的黑圈却已经消失了，整个人显得很是精神。花木青撇了撇嘴道："怎么又是你啊！欠揍啊？"

小麦从球网里捡起足球，笑眯眯地道："是我，怎么样？"

见小麦居然还敢顶嘴，花木青更是恼怒，冲着一直在她边上的Q宝使了个眼色："让她滚！"

这条指令很明确，花木青的Q宝马上也冲着别的Q宝们使了个眼色，跟主人的神情一模一样。花木青的跟班们对花木青向来言听计从，而这些Q宝自然也唯花木青的Q宝马首是瞻。得到了指令，这一群Q宝又齐聚在一起，朝小麦围了过去。

这情景和昨天简直一模一样。因为昨天捶过小麦一次，今天它们不需要花木青再进行捶人的示范了。花木青嘿嘿一笑道："今天晴空万里，真是个揍人的好天气啊。"

她倒也不是真的想再捶小麦一次。昨天让Q宝收拾了小麦一通，花木青也有些后悔，生怕会把小麦打坏了。不过看样子小麦没什么要紧，今天居然又来了。现在要是小麦知趣点，马上抱头而逃，那也就算了。只是小麦偏生不太知趣，居然也嘻嘻一笑道："花木青，你说得可真对。"

真对？花木青怔了怔，小麦却伸手打了个响指道："出来吧！"

身后的树丛里，发出了一阵哗哗的响动，一个比Q宝们都要大一号的机器人大踏步走了出来。

小麦从来不带机器人上学，这点大家都知道。哪想到今天她居然也带了个Q宝，还是个个子大一号的Q宝，有个校队队员一见便有点怕，凑到花木青身边道："那是什么啊？变形金刚吗？"

看到 7723 走了出来，站到小麦身后便纹丝不动，看上去就比她们的这群矮矮胖胖的 Q 宝威武得太多，花木青也有些忐忑。只是箭在弦上，不得不发，她也不好示弱，冲着小麦道："苏小麦，你想干什么？"

小麦嘴角一撇，学着电影里那些大反派的模样邪魅一笑。

电影里，大反派这样一笑，得力部下马上就杀出来，将对手杀个稀里哗啦。可是 7723 却仍是一动不动。

花木青看到小麦的笑时心里咯噔一下，只是见那大机器人没动，这才放下心来，叫道："苏小麦，你是不是秀造型来了？"

小麦本以为只消自己一笑，7723 就会冲出去，跟昨晚对付那牙刷机器人一样大显神威，谁知它竟跟木头一样动也不动。她的笑容不免有些尴尬，用手肘轻轻顶了顶身边的 7723，说道："教你的全忘了吗？快说啊。"

7723 如梦方醒，大摇大摆地上前一步，高声道："哦对！快跪！下来叫！爸爸！"

小麦是在来学校路上时教它的，当时她嘴里正嚼着一个当早餐的面包，因此说话有点断断续续，7723 却连这些断续也学了个十足，现在这句本应充满霸气的威胁听起来完全不是那么回事，特别是最后那句"爸爸"，7723 叫得还特别响。

它刚说完，花木青已笑道："别叫爸爸，叫妈妈就行了。

你是来搞笑的吧？"

花木青那些跟班也全都哄然大笑，7723刚出来时那股先声夺人的威风，现在已经荡然无存，她们都觉得那么搞笑。小麦也有些着急，冲7723道："你怎么说成这样？不是教你说的'快跪下来叫爸爸'这么一句话吗？"

"可小麦你当时就是这么说的。"7723有些委屈地说。

虽然新型的机器人都装配有情感线路，可眼前这个大号Q宝却特别像人，简直跟真人一模一样了。不过花木青也懒得管这些，扬了扬手道："烦。快让她消失，好继续训练。"

"哗"的一声，那10多个Q宝一下聚在了一起。现在要对付机器人了，就不能再和捶小麦时一样，这些机器人也有了新的战术，它们一下子抬起了花木青的Q宝，随着一声喊，将花木青的Q宝扔了过去。

眼前这个机器人比自己一方哪一个都要大，显然功率也会更大一些，如果单打独斗多半会吃亏，只有聚集全部的力量。这些Q宝很快就得到了这样一个方案，显然也是切实可行的。

花木青的Q宝跟个炮弹一样直冲向7723。如果是人的话，这样被砸一下肯定会受伤，不过对手是机器人，就不用有这种顾忌。

眼看就要砸到7723，Q宝们已在准备欢呼胜利，突然间这个原本看似有点蠢蠢的机器人以出奇的敏捷伸出一掌，一把抓住了花木青的Q宝。

这突如其来的一招让所有人都吃了一惊,包括那些Q宝在内。花木青的Q宝是最新型的Q宝6,装配有情感线路,马上以这种情况下最为适当的惊讶口气叫道:"哇,接得漂亮!"只是这句完全程序化的赞叹还没来得及说完,7723已将它往天上一抛。这Q宝6飞上天去,7723的手臂已经极快地变形为激光枪。随着一道光线闪过,"砰"的一声,花木青那个Q宝一下子成了一块块碎屑纷纷飘落。

小麦的机器人竟然有武器!

这情景,包括花木青在内,所有人都只在电影里看到过,做梦也想不到居然在现实中发生。一时间操场上反而沉默起来,但突然间,随着不知哪个同学的尖叫,花木青和她的跟班们全都四散逃去,剩下那些Q宝也全然没了刚才的劲,一个个跌跌撞撞地跟着主人逃走。

见到这幅情景,小麦乐不可支,冲着花木青她们叫道:"哈哈!你们跑什么啊?回来继续踢球啊!"在学校里,花木青有一大帮跟班,小麦老是受她的欺负,可这回一口恶气终于出了。看着花木青逃得狼狈不堪的模样,似乎生怕自己会追上去,小麦开心得手舞足蹈。

7723站在一边看着小麦。这个女孩子如此开心,让它也感到开心。天空中,细细的微尘还在撒下,闪闪发光,那是花木青的 Q 宝 6 炸掉后的残余。这些细尘撒到 7723 身上时，让它有些奇怪。它拈了一些，让自己的分析仪测试一下。

小麦乐了一阵，才算平静下来。她见 7723 正看着自己的手掌，也不知它在干什么，说道："7723，你在做什么？"

"这个机器人身上有武器啊。"

小麦道："当然有啊。"昨天她还被狠狠地捶了一通，花木青这个 Q 宝 6 狗仗人势，小麦嘴上的伤就是它弄出来的，在小麦看来，Q 宝 6 身上有武器是很正常的事。她道："别管这些了，7723，今天真是谢谢你帮我出了一口气。"

虽然有点不明白小麦说的帮她"出了一口气"是什么意思，但 7723 看到小麦脸上的笑容就有种难以表达的喜悦。它很喜欢这种感觉，也很想看到小麦的笑意。它说道："呃……我表现得好吗？"

"很好，好极了，我很满意。你没看见花木青吓得逃跑的样子？太好笑了，哈哈哈……"

7723 突然感到有一些失落，说道："那，我们的交易结束了吗？"

"嗯，还早着呢。"

"还没结束？"

小麦嘿嘿一乐，眼里闪过一丝狡黠的光，压低了声音道："当然，好戏才刚刚开始，怎么可以结束？怎么，你不乐意吗？"

7723有种异样的欢喜，忙道："乐意，我当然乐意。"

和小麦在一起，7723总觉得自己是如此充实。这个小女孩不仅仅是给自己发布初始化命令的人，而且也教给了它许多。既然交易还会继续，那么自己一定会学到更多的。7723想着。虽然自己一共只有72小时的记忆空间，但是只要每天进行清理，总会留下最重要的事，那也够了。

就在小麦带着7723将花木青教训了一顿之后大约10天，IQ智造的CEO庞贾廷带着战王来到了米都市电视台的演播厅。

庞贾廷今晚是来参加电视台的《米都夜话》访谈节目的。这个访谈节目是米都市收视率最高的王牌节目，主持人是个人形的机械穿山甲，谁也不知道他的真面目，以至于米都市民常在猜测这到底是人在操控着机械，还是机械操控着穿山甲。因为众说纷纭，也成了这档节目的一个噱头。

庞贾廷上这个节目，其实也是为Q宝6做宣传的。目前Q宝6销量相当惊人，但离人手一个的目标还有些远，因此庞贾廷要不遗余力地鼓吹一番。

与以往的节目一样，到点后，随着演播厅里现场观众雷鸣般的掌声——当然鼓掌也由他们随身带来的机器人代劳——节目开始了。庞贾廷坐在大屏幕前的嘉宾席上，战王坐在他身旁，巨大的身躯占满了整个沙发。当摄影机移动到他前面时，庞贾廷这张富于成熟男人魅力,每一根胡须都修剪得整整齐齐的脸上马上摆出了他的招牌式笑容。一看到这笑容,观众里顿时一阵惊叫,也包括许多男人,而战王却仍是正襟危坐,如同一堵墙一般。

庞贾廷的另一边,是一个崭新的Q宝6在一旁待命。

庞贾廷很懂得制造气氛,不时应和着台下观众的欢呼。穿山甲等欢呼告一段落,这才走上前台,先插科打诨地介绍了两句,然后请庞贾廷展示了一下最新型的Q宝6。

一切都按部就班地进行着,庞贾廷也很放松。这样的场面他经历得多了,自然不会怯场。很快,访谈轻松自如地转到正式问答环节,穿山甲说了两句,忽然问道:"庞总……刚才咱们说了Q宝6的各种新功能,比前一代已经有了很大进步。不知道安全问题怎么样?"

这种问题自然早在庞贾廷的掌握之中,他道:"Q宝6经过了本公司技术人员长时间的测试,并且装配有情感线路,能够逼真地模拟人类的感情,更容易为人所接受,也无限接近于真人,所以能保证100%的安全性!"

台下又是一片掌声,穿山甲也在鼓着掌。待掌声停息下来时,穿山甲这才接着道:"庞总说得实在很令人信服。只是庞总,您有没有听说最近有一个很嚣张的机器人哪,到处搞破坏?有网友爆料说它长得很像我们IQ智造的Q宝耶!"

这句话说得十分平淡，仿佛不经意说出来的，但庞贾廷的笑容顿时僵了僵。

这个男人为什么要问这句话？庞贾廷脸上飞快地闪过一丝不悦。他看着穿山甲，但眼前坐着的到底是人还是机器？根本无从判断，也猜不出他问这句话的真实用意是什么。究竟是顺嘴一问呢，还是满含恶意？只是无论如何，既然问了就必须正面回答。马上，庞贾廷的脸上又挂上了那副标志性笑容，声音也越发饱满圆润：

"这个世界真是越来越乱了呢，我当然听说过这个传闻。不过，我已经向我的团队，也向相关部门都确认过，这个机器人是完完全全的山寨品！俗话说树大招风，IQ智造的产品一向以高品质著名，因此也一直是一些不法商人的目标。他们假冒的IQ产品根本不想用户所想，因此也毫无安全性可言。好在这个危险的山寨机器人已经被销毁了。铁证如山，消息确凿，它已经百分之百地销毁了，千真万确！"

说到最后，庞贾廷伸手重重地在面前的空气里一劈，以示此事的千真万确。按他的估计，接下来肯定又会是一阵雷鸣般的掌声，可是很意外，传入他耳中的却是一阵惊呼。

这是怎么回事？难道劈得不够用力吗？庞贾廷正有些诧异，却听穿山甲道："庞总，您的话好像与视频有点不符合啊。"

视频？庞贾廷险些跳起来。他扭过头，这才发现原来背后的大屏幕上正放着视频。访谈时背后屏幕有视频，那是惯例，因为嘉宾要发言，视频一向关掉了声音，同样也是惯例，所以庞贾廷一直没发现播放的是什么。回头看时，看到的却是一组画面。一个画面中是一个快递机器人正以超高速度在疯狂地躲避着什么，突然一道激光从后面射出，正中那个机器人。快递机器人被打得四分五裂，身上携带的邮件雪片似的乱飞。这时开枪的机器人出现在画面中，果然外形很像Q宝6。而在另一个画面中，一群警察机器人正追赶着那个很像Q宝6的机器人，那机器人在奔逃一阵后，突然转过身，手臂化作了两门炮，两颗导弹突然射出，将那群警察机器人炸得人仰马翻。

"庞总，请您再确认一下，是真的销毁了吗？"

穿山甲此时的声音已经完全没有以往的轻佻，甚至有些咄咄逼人。这个原本格调轻松的访谈节目，一瞬间仿佛成了一档法制节目。

被人耍了一通！庞贾廷在心中对自己说着。这显然并不是主持人心血来潮而突发的奇想，而是《米都夜话》节目早有预谋的一次炒作。庞贾廷心里已是恨得牙痒痒的，恨不得将面前这个面具男一拳捶爆。只不过，如果真这么做了的话，大概要成为《米都夜话》收视率最高的一期了。他马上又恢复了平静，说道："主持人，哈哈！这还真是……嗯，我确实第一次看这些视频，你不觉得它……不太符合我们产品的风格吗？大家好

-091

好看看,这实在是——"

屏幕上,那个机器人的右臂突然化成了一柄钛合金刀。刀光闪过,面前一个机器人被一刀削去了脑袋。那个没头的机器人还在地上摇摇晃晃地不倒下,可是原本的连接处因为短路而火星四溅,就仿佛是鲜血不停地喷出。纵然知道那不过是个机器人,观众还是发出了一阵惊呼。

画面停下了。然后,不断放大,放大,放大……最后落到了那个持刀的机器人身上一块斑点处。在经过了一番处理后,原本因为放大而只是一团色斑的图像渐渐变得清晰,终于可以看清,这个斑点其实是 IQ 智造的 LOGO 标志。

庞贾廷的表情僵硬了,喃喃道:"太可怕了……"

不等主持人再问,庞贾廷已然抢道:"请大家看仔细,这个 LOGO 如此粗糙,一看就是山寨的,而且这种山寨水平甚至是山寨的山寨,所以才会有如此凶残的表现。要知道,IQ 智造的产品,无一不是尽善尽美,我们公司致力于为人民服务,绝对不会制造出有如此攻击性的危险机器人来!"

庞贾廷的声音仍是如此饱满而富感染力,这一番话又赢得了一片掌声。当掌声停下来时,穿山甲的声音又响了起来:"庞总说得真好。那么你呢,正方形?你怎么看?"

一道光柱从天而降,打在了庞贾廷身边的战王身上。战王一直坐着动也不动,旁人几乎要将它当成布景了,此时穿山甲这番话却让观众们为之一惊。

庞贾廷说IQ智造不会制造出有攻击性的危险机器人，但眼前这个庞贾廷的保镖机器人同样是IQ智造的产品，可它正是一个具有攻击力的机器人！即使这样坐着，也让人感到了一股无法抗拒的压迫感。

一下子成为众人焦点的战王缓缓地看向穿山甲，动作极慢，慢得令人紧张，一时间演播厅的气氛也仿佛要凝结起来。

现在，成了战王与穿山甲的对峙。这片刻的沉默竟是异样的漫长。

"哇，你很适合来我们《米都夜话》当艺人哎！"

打破沉寂的还是穿山甲。显然，穿山甲在这场对峙中败下阵来，以一句插科打诨化解了沉重的气氛，总算把这档访谈节目给拉了回来。战王仍是不动声色，仍是盯着穿山甲。穿山甲被盯得发毛，说道："我很看好你哦！反正你是花了钱上节目的，算了算了，谢谢庞总，荆轲刺秦王！"

这一番圆场打得很好，台下顿时掌声雷动，却是如释重负。

随着节目结束，灯光暗了下来。从一片通明到突然间变暗的一瞬间，有两道激光一样的光一闪而过。

那是战王的眼睛。

《米都夜话》录播结束没多久，在IQ大楼的新品生产车间里，米博士睁大了眼睛。

这大概是他现在唯一能做的动作了,因为他被绑在一块人形木板上,根本动弹不得,嘴也被堵上了。

木板就插在了车间正中央的展示台上。当一道刺眼的强光突然亮起来,刺得米博士睁不开眼时,他听到了庞贾廷的声音从上面传了下来:"嘿,米博士。"

庞贾廷的身影出现在上面监控室的窗前。在他身后,又是战王宽大如墙的身影。米博士的嘴被堵上了,说不出话来,只能咕哝了一声"嘿",发出的却只是"嗯"的一声。

"我刚参加了电视台的访谈回来,米博士,你知道吧?"

米博士其实根本不知道庞贾廷的行程安排,只知道他一回来,自己就突然被一群保安机器人横拖倒拽地弄到这儿了,还把自己绑在这块人形木板上。可就算不知道究竟为了什么事,他也知道能够有最高指令权,命令保安机器人这样做的,只有庞贾廷一个人。

"米博士,我在访谈节目里,知道了一件有趣的事。"庞贾廷顿了顿,手在监控室的指挥台上按了两下,米博士面前顿时出现了一幅巨大的全息屏幕,上面播放的,正是在《米都夜话》节目中播放过的那段监控视频:7723飞速上前,拔刀把交通机器人削去了脑袋……

画面定格了,7723挥刀斩过,刀光形成一个月牙形的残影,那机器人的脑袋飞了起来,断口处火花四溅。

"米博士，你应该认识它吧？"

米博士睁大了眼，可还是咕哝道："不知道。"可是因为堵着嘴，发出的却是"嗯嗯嗯"的声音。

庞贾廷喃喃道："你承认了。承认就好，这个机器人挺厉害啊，看来我低估你了。"他叹了口气，接着道，"你明明可以助我一臂之力的，可惜偏偏要选择背叛我，这让我很无奈啊。现在这样子，你是不是很痛心，会不会因为不小心在试验中出现事故了？"

米博士的眼睁得更大了。他想起上一回庞贾廷命令那个展示用的Q宝6将人形纸板炸得粉碎的情景了。现在自己所处的位置，正是上回人形纸板的位置，而他面前，一个浑身闪亮的Q宝6升了上来。

和那一回一样，这个Q宝6的眼里冒着红光，浑身也在抽搐。

一切都在重复上一回的情景。米博士急了，拼命挣扎着，想叫什么，只是他的嘴被堵得严严实实，只是不停地"嗯嗯嗯"。庞贾廷用一种惋惜痛心的口气道："米博士，你也同意这场事故了，那就这么办吧。"

监控室里，庞贾廷转过了身，显然并不想看米博士被炸得粉身碎骨的那一刻。只是米博士在这千钧一发之际猛地吐出了堵在口中的破布，大叫道："老庞！它还活着！它没死，没死就好办啦！我能找到它！我可以调用所有Q宝的视觉数据，到处都是我们的眼线！"

庞贾廷站住了。那个疯狂的Q宝也同时站定，红红的眼睛死死盯着米博士。米博士只觉心头发毛，不顾一切地叫道："老庞，找到它后，就让它全听你的！"

庞贾廷一下转过身。他那张号称大众情人的脸现在耷拉着，既诡异又凶狠。

"你说的都是真的？"

"当然是真的。老庞，想想我们这么多年交情，我什么时候骗过你了！"

扬声器里一阵死寂。突然，"啪"的一声，扬声器被关掉了，庞贾廷的身影也从监测窗前消失。米博士吓得魂飞魄散，嘶声叫道："老庞！老庞！我说的都是真的！"

但那个发疯的Q宝只是站在米博士面前不住地抖动，并没有上前抓住米博士同归于尽。正当米博士吓得快要崩溃的时候，扬声器里噼啪作响，庞贾廷的声音又响了起来："好吧，那就找到它。"

监测窗口，又出现了庞贾廷。他又恢复了先前的模样，一张脸人见人爱，极具亲和力，而米博士面前那个发了疯的Q宝也在一瞬间停了下来，血红的眼睛刹那间变得正常。它走到米博士身边，却不是炸开，而是解开米博士身上的束缚。

"米博士,请你记住你的话。这一次,我可不会有多余的耐心了。"

庞贾廷这话虽然满含着威胁,可口气却仍和平时那样充满亲和力。米博士被放下来后,揉了揉被绑得酸麻的手腕,下意识地抬头望去。楼上,庞贾廷正站在监测窗前,冲他摆了摆手,脸上也笑容可掬,就仿佛刚才什么都没发生过。

CHAPTER 007

记忆

7723向小麦道出记忆只有72小时容量的秘密；米博士必须赶在庞贾廷之前找到他们。

就在《米都夜话》结束录播的当口,小麦、7723、馍馍也正好结伴回家。小麦坐在了7723肩头上,馍馍趴在7723的怀里。虽然身上担着一人一狗,但7723仍是走得又平又稳又快。

他们今晚又和前一阵一样,外出"交易"去了。小麦和7723的交易,就是去破坏那些机器人。

快递机器人,清洁机器人,警察机器人。只要碰到了,就毫不客气,爆头的爆头,腰斩的腰斩,不然就是大卸八块。在《米都夜话》中穿山甲播放出来的录像,仅仅是其中几件而已,这些天,小麦和7723已经毁掉了二三十个机器人了。一开始馍馍跟出去也只敢离得老远看看,现在却连它也胆子大了起来,仗着有7723的长短程武器撑腰,也曾咬住一个清洁机器人的脚,让7723挥起一刀将它从中斩成两半。

"一堆破铜烂铁,馍大爷一出马全趴下了吧,还跟我充大尾巴狼。大哥,你说是不是?"

馍馍这一番自吹自擂,在小麦听来只是一通"汪汪"乱叫。

这时他们已经回到了后院门口了,小麦生怕被妈妈听到,忙揪了揪馍馍的后项,小声道:"馍馍,别吵!"

7723看着馍馍,小声道:"小麦,这只小型哺乳动物怎么了?"

小麦怔了怔,反问道:"你说馍馍?它喜欢你啊。"

从一开始的敌视,到现在如此亲热,馍馍的态度可谓翻天覆地。倒是7723,居然跟不认识馍馍一样。小麦不禁皱了皱眉。就在这时,7723额头突然"嘟"的一声响,一盏红灯亮了起来。它怀里的馍馍吓了一跳,一下跳落地上,盯着7723。小麦也有些吃惊:"7723,出什么事了?"

"没什么,应该是闹钟吧……"

突然,一个声音从7723的扬声器里传了出来:"警告,记忆……"

7723一下捂住了自己的扬声器。警告通过外放出来,那说明存储量已经不足1/4了。它有点心虚道:"好了,晚安,小麦,你快休息吧,我也要睡了。"

它躲进了小木屋,正待关门,却"咯"的一下,门被卡住了。那是馍馍的脑袋钻进了门缝。7723刚把馍馍放进来,小麦却也趁机钻了进来。

7723的样子越来越和真人一样,可也越来越反常,让小麦更加生疑。她一进来,见7723仍是捂住脑袋,脑袋上那一点红光仍在闪烁。她越想越是不对,喝道:"别逗了,你是机器人哎,你睡什么觉啊?"

"快回屋吧,你妈妈该着急了……"

这个理由相当不好。他们刚才进后院时,透过窗子看得到茉莉正戴着 VR 头显又和 Q 宝 6 手舞足蹈,准是在做什么全景健身。她戴上了 VR 头显后,看到的、听到的都是 Q 宝 6 播放出来的场景,也根本没为小麦着急。小麦倒是有点着急,指着 7723 道:"少找借口。快点说,你到底出什么事了?"

7723 犹豫了一会儿,终于伸手在后脑处一探。"啪"的一声,在空中悬浮起一片全息显示屏,上面尽是记忆片段和系统图标。

小麦吃了一惊,看着这块显示屏,问道:"这是什么?你拍的照片?"

"我的记忆存储。"

"你存了那么多啊?"

记忆片段已经密密麻麻了,只是前面的图标全是小麦,只有最后一个图标才是馍馍。小麦惊叹道:"原来你都录像了!放一个出来看看?"

7723 犹豫了一下,点了最后一个。那正是刚才馍馍在 7723 身上自吹自擂的情景,只不过在小麦眼里仍是一阵汪汪的吠叫。只是馍馍没叫两声,一行警告便跳了出来:"警告:记忆模块不足 18 小时。请及时清理系统空间,以避免灾难性的系统重置。"

就算不太懂,可"灾难性的"四个字,小麦还是认识的。她皱了皱眉头道:"听起来好惨,真有这么严重吗?"

机器人的设置中,是没有"说谎"这个选项的,7723只是又犹豫了一瞬,马上道:"是的。如果我的记忆空间用完的话,不仅再也记不住新的东西,大脑也会停止运行。"

"怎么会这样?"小麦有点不太敢相信,"别的机器人怎么没这样子呢?"

按理记忆空间都是有限的,那些旧版的Q宝明显不如7723先进,记忆空间一准没有7723的大。可用了好几年,只要没故障,Q宝照样活蹦乱跳的。

"因为……因为出了点故障,所以我的记忆空间无法自动清理,一旦溢出就会有这样的后果,只能每天进行手动清理。"

7723说着,将馍馍这条视频点了"删除"。当图标移入碎纸机图案时,视频消失了,那条警告却又跳了出来:"警告:记忆模块不足18小时。请及时清理系统空间,以避免灾难性的系统重置。"

小麦一下睁大了眼:"怎么没用?"

"因为这条记忆时间太短了。"

这时小麦指着前面那些系统图标道:"这些乱七八糟的东西这么大,都删了不行吗?"

"不行,这是我的核心系统。删掉是会腾出空间,但是也会让我丧失核心功能。"

小麦喃喃道:"这么麻烦啊。可是这么多,你多删掉一点就行。"

"如果删光了,我就会忘记这一切了。"

这时脚边的馍馍轻轻地呼噜了一声,小麦弯下腰摸了摸它,说道:"怪不得你刚才不认得馍馍,是因为那时把它的记忆删光了吧?"

"是的。"

小麦松了口气道:"那还不好办?你有这么多关于我的记忆,多删掉些不就够了?"

7723道:"我总是选不重要的删掉。可是记得的越多,却越来越不知道应该删掉哪些了。似乎,哪一条都很重要。"

小麦笑了起来:"不会,有些事还是忘记了好。"

"忘记了好?"

这种说法7723还不曾学到过。小麦点了点头道:"有些事,你一想起来就会觉得难过,那还不如忘了好。我有时就想,要是能跟删文件一样删掉就好了,可是我根本忘不掉……唉,别说这个了,我帮你看看删哪些吧。"

小麦说着,忽然指着前面的一个图标道:"这个好难看,不能删了吗?"

图标都是记忆中的一幅截图，其中一幅正是哭丧着脸的小麦。7723点击了一下，那视频一下播放出来，却是小麦挂在7723手臂上夺下足球的情景。小麦吊在半空，大叫道："放手！你才是白痴！"只是怎么都夺不下足球，恼羞成怒地一脚踢向7723。

没等这段记忆放完，小麦已急道："哎，就是这个，快点，删了吧。"

"这条记忆很重要，是我们第一次见面。"

小麦道："第一次见面怎么了？我生气的时候怎么这么丑？快删掉！"

丑？7723有些不能理解这个字眼。在它的程序里，只要是眼睛看到的、记忆空间里存下来的，就全都一样，无非是角度不同而已。它道："这个不能删！这是你啊，小麦。"

"这么丑，才不是我呢。大哥，那只是过去的我！现在的我在这儿呢。明天太阳照样会升起的，大哥，相信我！"

这倒是一个新的知识。7723顿了顿，问道："人类都不喜欢丑吗？"

"当然不喜欢，要不妈妈为什么要健身、买那么多化妆品，还逼着我刷牙？每个人都不喜欢丑，喜欢好看。7723，好比你一样，浑身干干净净、亮闪闪的，别人就喜欢你。要是落满了灰，就谁也不喜欢了。就跟这瓶子一样，没扔掉，就因为好看。"

小麦从木屋的架子上拿下一个旧玻璃瓶。这玻璃瓶是彩色的，小麦小的时候非常喜欢，把它当成玩具，只是现在扔在架子上好几年了，已落了一层灰尘。她将玻璃瓶上的灰尘擦了擦，放在全息屏幕的地方。全息屏幕的光线透过玻璃瓶身，折射出一道彩虹，映在了木屋的天花板上，简陋的木屋一下子仿佛变得华丽起来。

人类都喜欢好看？也就是说，从人类的反应里，就看得出这件事的好坏了，难怪每回和小麦一块儿出去冒险，把那些快递机器人打烂、折腾警察机器人，她都会那么开心。7723仿佛豁然开朗，说道："好，我相信你。"

它点了一下屏幕，这条记忆又扔进了碎纸机，诊断系统的警告又跳了出来："清理成功。警告：记忆模块不足19小时。请及时清理系统空间，以避免灾难性的系统重置。"

"7723，我问你，这样清理，你会疼吗？"

"不会。记忆删除就什么都没了，就好像它从来没存在过。"

这话仿佛触动了小麦心底的什么，她怔住了，喃喃道："就好像他真的没有存在过……"

她的眼眶忽然有些发红，脸上也掠过一丝悲伤。7723不知道小麦是怎么回事，但知道她现在肯定不开心，急道："小麦，你怎么了？你是不是……疼？"

小麦从遐想中回过神来，把那瓶子往边上一个盒子里一扔，木屋中的彩虹瞬间消失了。她趁机抹了抹眼，强笑道："疼？我为什么要疼？搞笑……好了，你快睡吧。哎，做人要酷一点哟。"

小麦出去了，馍馍也跟了出去，临出门时它却扭过头，恶狠狠地说："别再把老子删光了啊，好歹留一个吧，别又不认得我了，大哥。"最后那两个字却显然是哀求了。

"做人要酷一点哟。"等小麦和馍馍都出去的时候，7723重复了一遍。今天的小麦和往常有些不太一样，7723也接收到了与平时不同的一些学习经验。它扭过头，扫描了一下小麦刚才将那玻璃瓶扔进去的盒子，只是，那只彩色瓶子已经摔成了碎片。

第二天是周末了。小麦因为昨晚出去了一晚上，今天一早就要把作业做完。和7723的交易是一码事，小麦在学校里还是个用功的好学生，从来不落下功课的。

昨天因为回家很晚了，睡觉时小麦也没把馍馍赶下床，现在她起床了，馍馍倒缩在被窝里打盹儿。不过小狗睡得很警觉，突然耳朵一抖，从被子里钻出脑袋来，正好看到7723的头从窗台外探进来。

一看见馍馍，7723伸手打了个招呼道："嘿，你好，小型哺乳动物！"

虽然7723没把它删掉让它有点高兴，可看到7723突然冒出来，馍馍还是吓了一大跳。小麦的房间在楼上，7723虽然个子比平常的Q宝要高可也没高到这样子。它叫道："大哥，你怎么从这儿上来的？"

这阵汪汪的吠叫打断了正在专心做作业的小麦。她抬起头，正好看见窗台外的7723，眼睛一下亮了起来。7723也看到了她，伸手向她打了下招呼，道："早上好，小麦！"

小麦叫道："你怎么上来的？"说罢，人一下子冲到窗台前，扒着窗台向外看去。原来7723的双腿变化成了一台喷射器，正是这样悬在了空中。见它竟然能够悬空，小麦更是兴奋，叫道："好酷啊！我以前怎么没发现你会飞呀？"

"这也不是飞，就是个跳跃助力器而已……对了，小麦，你今天想去哪里？"

一说起外出，小麦顿时来了劲，从床下拿出根棍子道："今天我们有的是时间，你想不想出去活动活动啊？"

"去做什么？"

小麦挥舞了两下棍子，说道："打棒球去！"

棒球的资料7723已经有了，但小麦这根棍子比平常的棒球棍要粗些，外面用强度很高的贴纸贴了一层，使得这棍子重量和硬度都大大增强。7723有了些不祥的预感，问道："打棒球会让人受伤吗？"

小麦抓起一个毛绒玩具立在了床头，掂了掂球棍的重量，又比画了一下，不在意地道："那得要看跟谁打了。"

棍子唰的一下挥出，那个毛绒玩具被一棍子打飞到房间另一头，重重地撞在墙上。幸好是个毛绒玩具，如果是个机器人的话……

7723突然感到有些不安。它犹豫地说："小麦，要不……要不我们今天不打棒球了，做点别的？你可以教我新的东西，比如，踢足球什么的。"

小麦有些不乐意地道："你这是什么意思啊？"

7723更有些犹豫。它不太知道该如何表达才能既不让小麦生气，又能让她明白自己的意思。它道："我只是觉得，我们……我们今天可不可以，就不要到外面去……活动活动了？"

小麦的脸沉了下来。她放下棒球棍，看着7723道："你不喜欢活动活动吗？我一直以为我们活动得很开心啊！"

"是很开心，小麦。"说完这句时，7723突然有些心虚，它道，"小麦，别误会，我是很喜欢跟你在一起。看到你开心，我也就很开心。我的记忆里都是你的笑脸，很酷啊，你以前都不怎么笑。"

"那不挺好？可你为什么又不敢去了？"

听到小麦这样说自己，7723有些着急，不觉分辩道："我没有，小麦！"

小麦走到窗前，说道："7723，认识你之前，我总觉得这个世界很不公平，好人老是要被坏人欺负。可是自从有了你，现在那些坏人都不能欺负人了，我们在一起就有这个力量不许他们再欺负人，对不对？"

这个道理对7723来说实在有些艰深。小麦说的似乎没错，好人当然不能被坏人欺负，自己也有武器，可以将坏人打垮，的确有这力量。这么看来，小麦说的都是对的，可是7723总觉得有些不对。它体内的情感线路并不像别的新型机器人那样是成品，而是随着自学习模式不断完善的。如果说它一直觉得让小麦难过的事就是错的，让小麦开心的事就是对的，那么现在自己做的就都是对的事了。可是它总觉得有些事小麦虽然很开心，却似乎也不怎么对。就比如去打垮那些机器人……

7723说道："我决不允许任何人欺负你们……"

它还想再说"我们也不能欺负别人"，可小麦听它这么说，脸上一下露出了笑容。一见她的笑容，7723只觉眼前也明亮起来，连说什么都忘了。小麦已探出窗来，伸手轻轻地拍了拍7723的脑袋，说道："这不就结了？真乖，孺子可教。"

这话多半是刚从语文课本里看来的。小麦心满意足地坐到书桌前，重新对付自己的功课去了。窗外，7723沉了下去，它的心中却有了种莫名的焦虑。

如果是寻常的情感线路，这一类负面情感当然不会设定，可是7723的情感线路是从实践中逐步完善起来的，完全模拟真实,同样会因为各种情况而出现焦虑、忧伤、痛苦之类的情感。现在的7723就实在不明白小麦的这些话里有什么地方不对,它虽然还分辨不出,可确实知道不太对。不过今天小麦总算答应不出去了,正好可以在木屋里重新细细检查一下那些纷乱的回忆,看还有没有可以删除的,以及当中有没有这个疑问的答案。

就在小麦埋头苦干自己的功课时,IQ大楼里,米博士也在自己的办公室里埋头苦干。

在车间里受了大大一番惊吓,总算死里逃生。庞贾廷要他尽快找到7723,而米博士也的确心急火燎地想找到7723。

"它还活着,快找到它……它还活着,快找到它……"

米博士一边查阅电脑上的资料,一边跟个坏了的唱片一样翻来覆去地念叨着。米博士脑门上都是汗水了,而他却仿佛根本没有察觉。他那个秘书无人机富贵陪伴在一旁,两只细细的机器触手抓着一块毛巾。只要米博士一抬头,富贵就赶紧给他擦掉头顶的汗。当米博士哼哼一句,富贵马上欢天喜地地跟一句:"它还活着,快找到它!它还活着,快找到它!"

富贵的情感线路是安装好的,它只能按程序表现出最恰当的情感来。预设的几种情感中,欢喜最合适,富贵自然唱得如此欢天喜地。米博士被它吵得没办法集中心神,抬头狠狠瞪了富贵一眼,说道:"富贵!"

米博士的生气富贵马上感觉到了,它立刻压低了声音,哼哼唧唧地道:"它还活着,快找到它。它还活着,快找到它……"

米博士的电脑里,已贮存了大量7723的视频片段,而米博士面前的电视墙里,则是从各处的Q宝6传来的实景监控信息。不过,现在哪一个Q宝6都没能发现7723的行踪,米博士也只能看手头有的一些片段。

这些片段全都是7723击毁机器人时的监控录像。米博士越看越心惊,他也从没想到过自己亲手做出来的7723竟然会如此残忍地对待可以说是它同类的机器人。

当中一定出了什么问题。米博士清楚记得自己那天离开时,并没有启动自学习模式,照理7723不会动才是。可惜自己为了掩人耳目,在没有接入监控系统的秘密实验室造的7723,而秘密实验室的单机监控信息又因为7723毁掉了门逃走时被摧毁了极大部分,剩下来的,就是7723逃走前的一小段而已,根本看不出个所以然来。

米博士越看越烦,又在看一段7723炸毁快递机器人的视频。画面上,7723发出了一颗导弹,那个倒霉的快递机器人用自己最快的速度狂奔,可是导弹仍然追上了它,一下将快递机器人炸成了碎片。

米博士越看心越烦,手不小心按了下去,却打开了视频逐格播放模式。现在的7723以一顿一顿的模样发出导弹,那颗导弹也是一截一截地飞向快递机器人。而那个快递机器人张牙舞爪地落荒而乱，仍是逃不过导弹的追击。

虽然看过一遍，但是逐格播放时却有种异样的好笑，因此米博士也就将错就错地看了下来。

导弹追上了快递机器人，快递机器人被炸得粉身碎骨。尽管焦距不对，但也看得出当时周围还有人，那些人一个个都露出惊恐的神色……除了一个人。

那是一个紫色头发的小女孩，正在那儿手舞足蹈。只不过监控时焦距都对准了动手的两个机器人，别的就都失焦了，因此看不清楚，也许那小女孩是因为害怕而手舞足蹈吧。米博士没往心里去，正要将这视频关掉去看下一个，突然像是想起了什么，手忙脚乱地将刚才看过的视频重新看一遍。

这一段是7723对付警察机器人的经过。警察机器人平时很有些威严，这时却在四下落荒而逃。当监控的镜头拉远了一些时，米博士的双眼忽然又睁大了许多。

这段视频的背景里，同样有一个紫头发的小女孩！这一段要清楚不少，看得清7723打出一炮的时候，那个紫头发小姑娘正在一旁欢呼雀跃，与旁人的惊恐万状全然不同。

找到你了！

米博士顿时兴奋起来。他向一边道："富贵。"

富贵斜斜地飞了过来："米博士，有什么吩咐？"

"把所有监控资料里，有这个小姑娘的画面全部截取出来。"

要找出这么多资料中的疑点，富贵的程序不见得能办到。但如果是找出某一个特定的人，它的中央处理器可要有效得多。很快，米博士面前的电脑上出现了一系列的截图。虽然因为监控器的角度和距离有所不同，有些清楚、有些模糊，但还是可以看清，几乎所有资料里都有这个紫头发的小姑娘。而且7723的破坏越严重，这个小姑娘的反应也就越强烈。

这个小姑娘肯定与7723有关。

米博士将这小姑娘的图像不断放大，再进行修正，调清晰，喃喃道："对啊，我怎么没想到呢！找到这个小女孩儿，准可以找到7723了。"

与7723不同，这个小姑娘肯定是有资料的。找到她，就算不能直接找到7723，至少也可以找到线索。米博士想到这儿，却有点心虚地往四周看了看。

还好，自己的办公室里，除了富贵以外没有别的机器人了。富贵的程序都是米博士一手输入的，不会和那些Q宝6一样发疯。米博士这才舒了口气，将电脑上那张小姑娘的特写拷贝出来。

必须尽快找到她。至少，也要在老庞发现她之前找到她。

CHAPTER 008

武器

在伤人的武器和珍贵的记忆之间，7723选择了……

米都市有个中央公园，是这个繁华城市里难得的一块绿地。每天清晨或黄昏，人们总喜欢来这儿散个步。

窦豆也很喜欢。她在休息日要上一个补习班，回家的时候其实并不路过中央公园，不过窦豆仍然宁可多走一程，也要绕道穿过中央公园回家。

抱着一摞书，嘴里哼着小曲儿，心里却想着刚才补习课上讲的一道难题，她心不在焉地走着。走过一个安置了不少儿童健身器材的小广场，突然有个人猛地撞了过来，从背后重重撞了她一下，使窦豆抱着的一摞书撒了一地，窦豆自己也被撞得一屁股坐到地上。

这路挺宽，窦豆虽说有些心不在焉，可是她紧贴着路的右边走过来，而这个人竟然是从后面撞过来的，真有点不知是怎么一回事。

"你怎么这么讨厌啊！"

窦豆嘟囔了一句，扶了扶眼镜定睛看去，却见站在后面的正是花木青。花木青身边，是一个Q宝6，肯定是新买的了。

虽然是新的，可这个Q宝6看上去跟以前那个一模一样。撞了自己的正是这个机器人。花木青那帮跟班仍是跟在花木青身后，还是人手一个Q宝。

见是花木青，窦豆不敢多嘴了。她也不知自己到底怎么得罪花木青了，可能是上回花木青在小麦手里吃了个大亏的时候，她见自己和小麦在一起，所以故意来欺负自己。窦豆是个老实的女孩子，也不想多事，闭上嘴捡起地上的书，准备快点离开，谁知她刚捡起书，花木青新买的那Q宝6走到窦豆身边："请接受我诚挚的歉意，花木青女王没有家教。"

窦豆倒没想到还有这一手，难道花木青知道自己错了？这么件小事本来也不用去记仇，窦豆道："这个啊，那么……"

她刚想说没关系，花木青的Q宝忽然伸出手来，"啪"的一下拍在窦豆的手上。窦豆全无防备，满怀的书又被打得撒了一地。

窦豆怔住了。这样赤裸裸的挑衅，实在出乎她的意料。只是她不敢多嘴，只是默默地蹲下身第二次去捡书。花木青的Q宝却是又鞠了一躬，说道："抱歉，她就是没有家教。"

Q宝系列只会听从主人的指令，虽然欺负窦豆，可举止看上去还是挺有礼貌的，说罢便向前追已经跑远的花木青去了。窦豆眼里已经漾起了泪水，也不敢说什么，正待去捡一本摔得远一点的书，一个身影突然挡在了窦豆面前。

窦豆抬起头，惊道："小麦！"

来的正是小麦。她扛着那根加料的棒球棍，冲窦豆使了个眼色，小声道："别担心，我来收拾她。"小麦扭头冲着那边的花木青大声道："花木青，你给我滚过来！"

窦豆生怕小麦和花木青又打起来，急道："小麦，别惹她啦！我没事儿，真的……"只是她话还没说完，花木青跟她那群跟班都停下了脚步，转过身来。

听到小麦的声音，花木青也有点忐忑，可是她也不甘示弱，待转过身来，见只是小麦一个人，她才放下了心，冷笑道："是你啊，苏小麦……你的小伙伴没来吗？"

小麦嘿嘿一笑，伸手打了个响指。随着"啪"的一声，7723从草丛里一跃而出，拦住了花木青她们的去路。小麦将那根加料棒球棍往地上杵了杵，说道："花木青，我看你们是三天不打，上房揭瓦，我苏小麦可不是吃素的！"

花木青见小麦这副嚣张的样子，心里也是一慌，但仍是强自支撑着道："你到底想怎么样？"

"给我打！"

小麦将棒球棍冲着花木青一指。7723不由得一怔，问道："什么？"

"我叫你揍她！"

小麦说着，提着棒球棍直冲过来。花木青见小麦真有打架的心思，已是慌了，正待让自己新买的这个 Q 宝快拦住小麦，她的 Q 宝却指着小麦叫道："哇，你是那个……"

花木青叫道："别管她是哪个，快拦住她！"可是花木青的 Q 宝似乎傻了一样突然不动了，面罩上弹出了一个 Wi-Fi 标志。小麦也不管它要干什么，上前一棒子抡去。这根棒球棍外面贴了一层绝缘贴纸，强度已大大加强，Q 宝的面罩虽然是高强度玻璃制造的，却也经不起这样的痛打，"啪"的一声，面罩被打得粉碎，花木青的 Q 宝也被打得翻倒在地，一堆电子元件跟喷泉似的从破口处直喷出来。

窦豆在一边看得倒吸一口凉气。花木青欺负人，她也很生气，可现在的小麦简直势若疯狂，而且这样拼命狠打，不管怎么说都是过分了。她叫道："小麦……"只是这当口花木青也尖声叫道："来人啊，抓住她！"跟着她的那些校队成员见队长这么说了，赶紧召唤各自的 Q 宝过来护住花木青。

"你这人渣！"

小麦冲着花木青一声怒吼，也根本不管这句咒骂是不是太过分了，扭头冲 7723 叫道："你干吗呢？上啊！快对付她！"

看到小麦眼睛血红，不顾一切的模样，花木青这时才慌了神，叫道："苏小麦，你疯了吗？"

7723 身上有各种武器，花木青也见识过了。如果拿来对付人，就算不死也会受伤。花木青实在没想到小麦竟然会叫这

-119

个机器人来对付自己，战战兢兢地瞄了一眼7723，拔腿就跑。小麦急了，冲7723叫道："别让她跑了！"

这条命令倒是可以接受。7723一跃而起，从一边薅起了一个儿童脚手架。这个脚手架是让孩子爬着玩的，在地上固定得很是牢固，可是7723简直跟拔一个萝卜一样将脚手架拔了起来，重重地罩向花木青。

"砰"的一声，脚手架将花木青罩住了，四脚深深陷入了泥土中。花木青虽然长得比一般人高些，可毕竟是个女孩子，就算让她抬起这脚手架也是不可能的，更不要说是拔出泥地，脚手架简直跟一个铁笼一样将她关在了里面。

看到花木青竟然被关了起来，那些校队成员也都慌了。她们都是花木青的跟班，花木青个子高，长得漂亮，体育好，学习成绩也好，加上也有些霸道，她们对花木青向来是言听计从、俯首帖耳。看到她竟然被关在这脚手架里，校队成员马上叫自己的Q宝冲上前救她出来。

校队有10多个人，也就是有10多个Q宝。这10多个Q宝一块儿冲上来，一个人是根本挡不住的，上一回小麦就已经吃过一次大亏了。她手中虽然有着加料棒球棍，可挡得了左边挡不了右边，眼看又要挨那群Q宝揍了，边上忽然射来一道冲击波，"砰"的一声，两个Q宝因为站成了一条直线，被这道冲击波一下打得粉碎。其中一个还剩了半个身子，小麦不由分说，上前挥起一棒，喝道："叫你捶！"一棒将那个Q宝彻底打散了架。

Q宝并不知道害怕，可它们的主人却是知道怕的。见小麦这副疯狂的模样，校队的成员全都吓坏了，顾不得自己的Q宝，纷纷逃散。那些Q宝见主人逃了，也纷纷跟着逃跑。可是因为没有明确指令，一个个都跟没头苍蝇一样乱窜。

小麦还在打着那个只剩半个身子的Q宝，嘴里叫道："让你欺负人！让你欺负人！"这时听到声音，抬头见那些Q宝都已经四散逃开了。若是追的话，顶多追上一个，现在小麦是想把这些花木青的爪牙全都消灭掉，因此反而冲到7723身边。7723还不知道她要做什么，小麦却一把抓过7723的手臂。7723的手臂仍然还是冲击枪的形态，小麦对准了一个正在逃跑的Q宝，一按开关，"吱"的一声，一道冲击波又射了出去。7723的武器有自动瞄准系统，小麦虽然随手打出，冲击波却奇准无比，将那个正在逃跑的Q宝打了个对穿。

小麦见到自己一炮就击毁了一个Q宝，7723手臂中这件武器可比自己的加料棒球棍厉害多了。她十分兴奋，大叫道："别让它们跑了！"

7723已经惊得呆了。虽然它一向听从小麦的命令，可是小麦现在无论如何都有点过分。它抽回手臂，把武器从这个小疯子手中拿开，说道："小麦，你这是干什么？"

小麦还沉浸在报仇的快意之中，根本没听出7723声音里的惶惑，她也没想到一个机器人居然也会感到惶惑，转过身来看向被脚手架困住的花木青。花木青被困在里面，虽然她也曾试着脱身，可以她的力量真个如蜻蜓撼石柱，哪里动弹得了？见小麦看向自己，花木青又惊又怕，已是一脸的绝望和恐惧。

花木青的神情，已被7723捕捉到了。自学习系统告诉它，要按小麦的指令行动，但不断成长的情感线路告诉它这回千万不要这么做。

"打爆她！"

小麦突然咬牙切齿地说道。

一听这话，边上窦豆突然惊叫道："不要！"7723也惊道："什么？那会打死她的！"

窦豆一直在边上看着。先前还觉得虽然小麦的报复有点过分了，可毕竟也是给自己出气。但听到小麦说要打爆花木青，她再也忍不住，叫了起来。小麦却是气头上顺口说了这一句，待说出口时才知道自己说错了话，忙道："不是不是，我不是让你真的打死她。就是……教训教训她，对，揍她一顿，让她也尝尝被欺负的滋味。"心里却寻思着：还好我说得快，不然7723要是真的打死了花木青，那就……

脚手架里的花木青这时"哇"的一声大哭起来，一边哭一边道："苏小麦，对不起，真的对不起！"如果刚被关起来时她是又害怕又生气，现在就真的只剩害怕了。小麦见花木青哭成这样，也有些心软，可一想到当初被花木青欺负的情景，气恼又压倒了心软，正想让7723教训她一下，却见7723走了过去，小心翼翼地拔起脚手架，让花木青出来。

一见7723居然放了花木青，小麦脑子一热，又有点不顾一切，冲着7723喊道："你干什么？"

7723看向小麦，轻声道："小麦，伤害人类是不对的，我不能伤害人类。"

小麦又气又恼，叫道："好，你不教训她，我来教训她！"

她提起棒球棍向花木青走去。其实花木青是校队队长，要跑的话，小麦也不一定追得上她，可是她在脚手架里看着小麦这样发疯一样痛打，吓得脚都软了，大哭道："求求你了苏小麦，是我错了！求你别打我……"

窦豆惊恐地注视着这一切。她和小麦都被花木青欺负过，也曾经很恨花木青，可是就算恨，也不该这样去报复。她想阻止却又不敢，看着小麦，仿佛在看一个陌生人一样。而小麦高举着棒球棍已走到花木青面前，正准备一棍子往花木青打去，手却一下子僵住了。

她看到了花木青的表情。花木青向来是一副高高在上、女王一样的表情，这时却是如此恐惧和无助——这样的神情，小麦太熟悉不过了。那一回，爸爸和妈妈大吵了一架，摔门

-123

离去后再没有回来的一天,小麦在镜子里看到的自己也正是这副表情。

原来花木青和我一样啊……

不知怎的,小麦只觉得自己对花木青的痛恨并没有自己原先想的那么深。虽然棒球棍举了起来,却再也砸不下去,只是跟皮球泄气一样轻轻落了下来。花木青见这情形,这才松了口气,抽泣着道:"对不起……"转身跌跌撞撞地跑开了。她跑开的时候,小麦身后也传来了脚步声。小麦扭头看去,却是窦豆同样害怕得步步后退,突然一个转身,朝另一个方向跑去,也根本顾不得再跟小麦说一句话。

小麦呆呆地看着窦豆的背影,心里却不知是什么滋味。她没料到是这么一个结果,虽然也算报了仇,花木青也哭着道歉了,可是小麦却一点报仇的快意都没有,心里反倒有些酸楚。

连窦豆也走了……

突然,小麦发泄地冲着一边的7723叫道:"都是你不好!你就知道木头一样杵着,你到底在罩着谁啊?"

7723犹豫了一下,说道:"小麦,你怪我没揍她吗?"

小麦叫道:"你是没见过以前她欺负我的样子!本来我要让她全都尝一遍,可是……可是……"

"可是,她是有生命的。"

小麦有些恼羞成怒,叫道:"你懂个屁,你连生命都没有,白痴！"

只是这么骂着7723，小麦心里反而更难过，泪水都已经在眼眶里滚动了。7723却根本没有在意，低声道："小麦，我一直觉得，能够让你高兴的事，就一定是对的。可是有的时候你很开心，却有很多人非常难过，这样的事难道还是对的吗？花木青是你的同学，难道就非得一个开心一个难过不可，不能两个人都开心吗？"

小麦叫道："我和她又不是朋友……"这话还没说完，小麦便有些语塞。如果说自己和花木青不是朋友，可是窦豆是自己的朋友，今天事情的起因也是为了给窦豆出气，可最后连窦豆都要逃开自己，小麦已觉察到自己今天过分了。

"那你为什么不能试着跟花木青做朋友呢？人类之间也并不是天生就是朋友的。"

小麦怔了怔，说道："我以为……有你这个朋友就够了。"

她说完，突然头也不回地跑了开去。因为她眼里的泪水已经流了出来，她不想被7723看到。7723见她突然跑了，连忙追着叫道："我知道！可是……小麦！小麦！"

中央公园一地狼藉，那个被小麦借着7723的冲击枪轰了个对穿的Q宝却将脑袋转向了小麦和7723的背影，面罩上数据传输的图标闪个不停。

小麦和7723都没有想到，在接到IQ智造发出的秘密指令后，所有 Q 宝的视觉数据都已经被调用了。这个 Q 宝虽然被冲击枪击毁，但监测系统仍然完好，小麦和 7723 的最新资料已经全部传输回 IQ 智造去了。

回到家里，天色已是黄昏。因为这第一次争吵，7723 独自一人在小木屋里陷入了沉思。

内存警告又响了。这一次警告来得特别快，离上一次清理还没隔多久。不过 7723 已经做好了准备，因为这两天的事特别多，也特别重要，自然也就占用了更多的记忆空间。

它调出了全息屏，这回全息屏上的警告字体已经大到了几乎将整个显示屏都塞满的地步。

"警告：记忆模块不足 8 小时，请及时清理系统空间以避免灾难性的系统崩溃。"

7723 整理着今天的记忆。几乎都是小麦的，一会儿是她生气的脸，一会儿又是她悲伤的脸。它犹豫不决，不忍心按下删除键。

"你连生命都没有！白痴！"

"打爆她！"

"我以为……有你这个朋友就够了。"

小麦的神情不住地在 7723 的记忆中交替变换，每一段都似乎不应该被删除，因为 7723 越来越害怕。是的，害怕。它不住地检视着过往的记忆，在小麦家的厨房里跟小麦学着洗盘子,一块儿踢球,笨手笨脚地帮着小麦给馍馍洗澡,差点把馍馍淹死……在那些记忆中,小麦总是开怀地笑着,7723 也觉得开心。可是当小麦骑在它肩头上,指挥着它去追赶轰碎那个逃跑的快递机器人,或者把警察机器人炸了个粉碎的时候,尽管小麦笑得仍是很开心,边上很多人却是一副害怕的神情。以往 7723 的注意力只在小麦身上,根本不去注意别人的神情。可现在它在检视回忆的时候,却看到了很多以前看不到的东西。

正在看着,7723 突然听到有个声音响了起来:"大哥。"

确切地说,那是"汪"的一声,不过经过了 7723 的语言翻译器,就成语言了。

向 7723 招呼的正是馍馍。它挤进了小木屋,讨好地冲着 7723 摇着尾巴。7723 将馍馍托在了手中,说道:"馍馍,你来了。"

7723 记住了自己,不再是"小型哺乳动物",馍馍更是快乐无比,摇着尾巴道:"大哥,你今天跟大姐头又出去了吧?她回来后不怎么高兴啊。"

刚才小麦回来后,馍馍不失时机地想要去讨好,可小麦一反常态,根本不理馍馍,反而将它轰了出去。7723 道:"她不开心吗?"

"嗯,自从以前的男主人不再回来后,大姐头就一直不开心了。"

"以前的男主人"，就是小麦的爸爸了。7723问道："她现在呢？"

"还是不开心。大哥，你不会再把我删了吧？"

7723将馍馍轻轻放了下来，说道："不会的。"

小麦、馍馍，它都不想再将这些从自己的记忆中删掉了。它本来觉得自己什么都听从小麦的，小麦一定会很开心，可是她其实仍旧会伤心。而且这样发展下去，不仅小麦会不开心茉莉、窦豆，还有花木青、小麦的同学和老师们，全都要伤心。

看着那排成一长串的记忆片段中，小麦的笑容从一开始的天真，变得越来越疯狂，7723也觉得很难过。它将馍馍轻轻推出了小木屋，说道："馍馍，快陪陪小麦去吧。"

馍馍被它推出了门，却又扭过头道："大哥，你下回可要让大姐头开心点啊！"

"好的好的。"

7723小声嘟囔了一句。自学习模式应该告一段落了，现在是做出自己的抉择的时候。它把馍馍打发走，也只是不希望被别人看到——尽管馍馍根本不会明白自己选择了什么。

它点开了核心系统，手指按向"武器系统"的图标。

小麦变成今天这样子，从开头，到结束，全都是因为自己这一身武器系统。如果没有武器了，小麦也就不会老去击毁那些机器人了。

这就是7723的结论。它犹豫了一下,终于坚定地按了下去。刚按下,警报响起,显示屏上闪烁起一个巨大的"警告"标志,却不是内存不够的警告。

"武器驱动系统即将卸载。这是一个核心系统。卸载操作不可逆,是否继续?"

卸载核心系统需要二次确认。尽管第一次按下时7723犹豫了很久,但这一次它却没有丝毫犹豫,一下便点了下去。

为了小麦的笑脸。

武器系统的图标一下进入了碎纸机里,很快,屏幕上的警告标志消失了。没有太久,跳出了一个反馈信息:"清理成功。武器系统已卸载。记忆模块尚有120小时,请及时清理系统空间以保证系统正常运行。"

删除武器系统后,竟然多了100多小时的内存,现在连警示语都没有了。尽管没有什么感觉,但7723仍然感到一阵轻松。它关掉屏幕,试着对准了架子上的一个盒子……

然而手臂没有任何变化。无论是钛合金刀,还是脉冲枪,还是等离子炮,全都没有启动。7723松了口气,心满意足地看向窗外。

现在不必每天提心吊胆于内存不够了。虽然还不如原始状态,但已经能够贮存四天多的记忆,要宽松得多了。它推开门,走出木屋,来到小麦卧室的楼下,启动了跳跃助力器,一下跃上小麦卧室的窗口。

它想马上告诉小麦这个消息，从现在起，自己已经没有武器了，所以也就不能再和先前一样去打那些快递机器人、警察机器人了。但小麦如果想要踢足球、打棒球，则一点也没妨碍。只是它刚探到窗口，却发现卧室里根本没人。

出去了？7723不禁有些奇怪。它打开了红外夜视模式，周围一下暗了下来，在屋里小麦的床上现出一个橘黄色的人形印子，边上还有一个小狗的形状，显然小麦刚才就和馍馍躺在这里。只是一串橘黄色的脚印从床边延续到门口，边上还有两行梅花似的爪印，自然是馍馍留下的。而脚印从后门出来，又从大敞着的后院门出去了。

找到了小麦的行踪，7723顿时欣喜地追了出去。只是它根本没发现，客厅的窗口有两点红光微微一闪。

那是茉莉的Q宝。照理现在这时候Q宝也已经关闭电源休息了，可它却笔直地站在窗边，直勾勾地盯着窗外的7723。它的面罩上，也闪着一个Wi-Fi标志，以及数据传输的图标。

CHAPTER 009

彩虹

7723为了修复二人的友谊，亲手制作了彩虹投影仪；与此同时，米博士、庞贾廷先后来到了小麦家，他们的目的分别是……

小麦家的屋后，有一座小山。

小山虽然不高，但站在山顶，可以眺望整个米都市。小麦坐在一片野花丛中，看着远处米都市绚丽的夜景，双手抱膝，也不知在想些什么。馍馍便坐在她身边，不时打量她一下，同样不吭声。

和 7723 吵了这一架，小麦直到现在还是很不好受。虽然当时在气头上对 7723 不肯听从自己的话很生气，但现在想想，却也觉得多亏了 7723 没听。如果真的伤了花木青，那可真的不知该如何收场了。

小麦正想着，这时馍馍舔了舔她的手。小麦抱起了馍馍，喃喃道："难道，真是我错了吗？"

馍馍说道："……汪汪！"它其实真是在回答小麦的问话，只是小麦听来还是一阵吠叫。不过小麦原本也没指望馍馍真的能够回答，叹了口气："其实它也是为我着想吧。真想不通，一个机器人，却跟真人差不多了。可是……可是……"

7723 一直对小麦言听计从，可白天突然不肯听她的话了，让小麦不禁有种被背叛的感觉，就算明白7723真是为自己好，也仍是有些下不来台。她叹了口气，对馍馍说道："馍馍，我觉得只有你才是我最好的朋友，至少你永远不会背叛我，对不对馍馍？你说对不对？"她见馍馍不住地晃着尾巴，一把把馍馍抱进怀里，说道："噢，馍馍，馍馍，我最爱你了！"

如果馍馍脸上没有毛的话，小麦就会看到它的脸都红了。突然它冲着一边叫道："大哥，快过来啊，别在那儿杵着！"

听到怀里的馍馍突然叫了起来，小麦转过头，一眼正见到7723从小山坡顶上探出头来。7723大概怕小麦还在生气，所以欲前又止，一副小心翼翼的模样。听到馍馍叫它，它才孥着胆子过来。小麦却"哼"了一声，扭过头不理它，伸手从身前的地上揪了根草，不住地又拧又拉。

7723有点讪讪地走到小麦身边。小麦还在生气，故意把头又扭向另一边去了，以示连看都不要看7723一眼。馍馍却扒着小麦肩头探出头来，叫道："大哥，你可别泄气啊，我可是一直在夸你的。"

7723坐到了小麦身边，没有开口，却将一个东西放在了身前，轻声道："小麦，我给你做了个礼物。"

虽然打定主意不理7723，可是这句话实在让小麦很好奇。她又不肯就这样算了，因此仍然不转身，只是头稍稍转过来点，用眼角瞟着那儿。却见7723拿出来的是一台样子很丑的机器，看起来是七拼八凑出来的。事实也确实如此，7723在小木屋的废物架上找到了这些已经被遗忘的东西：旧手机、碎玻璃、导线、灯，7723将这些东西装配起来，成了这么个怪模怪样的东西。

"小麦，真对不起，我不是工业机器人，做出来的很不好看，不过能用。"

7723打开全息显示屏。只是这回出现的全息显示屏却只是一片白光，就如同一张空白的画布一样，什么都没有。

"这算什么？白痴机器人就是白痴机器人。"小麦在心里嘀咕了一句。只是当7723投射出的白光照向地上那个很丑的仪器时，仿佛被激活了一样，从那仪器里折射出一道光，映在了空中。

那是一道五彩缤纷的彩虹。这道彩虹下，映出的是一幅更大的空白画布，看上去就和小麦最珍视的那张照片的轮廓相似。

见到这情景，小麦"咦"了一声，不禁有了点好奇心。

"小麦，我很喜欢和你在一起。关于你的记忆是我身上最重要的部分，一直不舍得删除。"

空中，突然出现了一个小孩子的模样。仿佛有一支无形的笔在飞快涂抹，色彩渐渐增多，图像也越来越清晰，正是那张全家福上的小麦，天真可爱，无忧无虑。而小麦身后，一个年轻女子的形象也渐渐清晰，正是在逗着小麦的茉莉。

妈妈。

小麦的嘴张了张,虽然没发出声音,但她已在心底叫出了声。这两年她与妈妈斗了不少气,可是无论如何,妈妈在她心里的分量都是最重的,就算斗气,也是希望妈妈能更关心自己一些。

那支无形的画笔还在飞动。左边,出现了爸爸的模样。爸爸伸出手,正要抓着画里的小麦那双小小的手。画外的小麦仍没说话,她怀里的馍馍倒是"汪"了一声。

"你要抓死馍大爷啊!"

7723听懂了馍馍的抱怨。原来小麦的心神都在空中这幅画上了,不由得将怀里的馍馍抓得紧了些。于是7723小声道:"小麦,你抓疼馍馍了。"

小麦这才回过神来,"哦"了一声,将馍馍放下,嗫嚅着:"你……你……"

她终于忍不住,泪水从眼中涌了出来。这张全家福是小麦最珍视的宝物,看到照片以这样一种形式出现,她仿佛又回到了从前。

"小麦,你以前问我清理记忆会不会疼,我说不会。那时我不懂,失去心爱的东西,是会感到疼的,现在我懂了。"

空中的这张照片暗淡下来,里面的爸爸、妈妈、小麦,还有在小麦身边晃着尾巴的馍馍,都如同褪色一样逐渐淡去了,只剩下那一道彩虹还挂在空中。只是这道彩虹也在慢慢地淡去，很快，空中又要成为先前的一片昏暗了。

"小麦，别生气了。我保证不让你再尝到这样的疼痛。"

小麦猛然抬起头叫道："吹什么牛！你拿什么给我保证？你能让爸爸回来吗？"

"对于过去我无能为力，但未来在我们手中。小麦，我不想失去你，从现在开始。"

7723的样子是个机器人，和别的机器人没什么大的不同，可是此刻，只听声音的话，小麦几乎要忘了和自己说话的是个机器人了。7723的这番话触动了她的心："可是……我对你真的有那么重要吗？"

"是的，小麦。机器人没有生命，但如果一定要说有，我的生命就是你。"

小麦怔住了。在她的记忆中，类似的话，只有爸爸说过。很小的时候，小麦问爸爸喜不喜欢她，爸爸抱着小小的小麦，轻声说："小麦，你就是我的生命。"现在，她从这个机器人口中，再一次听到了同样的话。这一刻，她再也忍不住，一头扎进7723的怀里大哭起来。7723抚着她的紫色头发，柔声道："别哭了，小麦，你不生我的气了吧？"

小麦抽泣着，抬起头道："是我错了，7723，是我的错，我再也不叫你出去打人了。你还会罩着我吗？"

"当然会。我会永远罩着你的。"7723说着，它的声音里透着慈爱和温柔，看了看山下，道，"小麦，很晚了，回家去吧。"

小麦有点不好意思地抹了抹眼泪："嗯，你也早点休息吧。"

对机器人来说，休息只是为了节约能源而已。小麦并不是不知道这一点，但是现在她已经将7723当成一个真正的人了。

走下了小山，溜进后门，让7723回到小木屋里，小麦才带着馍馍偷偷溜进了后门。现在已经很晚了，平常的时候，茉莉绝对不会允许小麦这么晚还不睡觉的。

她脱了鞋，小心翼翼地走过客厅，准备蹑手蹑脚地走上楼去……

"啪"的一声，客厅的灯一下亮了。这下子把小麦吓得够呛，连手里拎着的鞋也掉了下来。没想到妈妈也没睡，这下被抓了个正着，肯定没好脸色看了。

片刻，小麦已经想好了如何向妈妈解释，她定了定神，转过身正要开口，却怔住了。

客厅里，除了脸色不太好看的茉莉，还有一个满嘴胡子的光头老男人。这个老头的模样好像在哪里见过，只是小麦一时却想不起来了。

她正在努力想着，那老头却以出奇的灵活从沙发上一蹦而下，指着小麦叫道："哈哈，就是你！"

老头喊出声来时，嘴里却掉下了一根棒棒糖，原来他就算坐在客厅里，也一直含着这根棒棒糖。这老头见糖掉出来了，慌忙一把抓住，重新塞回嘴里。只是听到这个声音，小麦也一下想了起来，叫道："你是 IQ 大楼里那老头！"

"小麦，别那么没礼貌，这是米博士！"

茉莉的声音里透着一股从未有过的严厉。今晚米博士找上她时，茉莉吓了一大跳，还不知究竟出了什么事。待米博士说了经过，她有意在客厅关了灯，看着小麦真的带了一个新型的 Q 宝 6 回家，她更是气不打一处来。

看着妈妈这张跟刷了层糨糊一样的脸，小麦心头一紧，说道："妈，你别激动，听我慢慢解释……"

"不用解释了，赶紧把那个 Q 宝还给人家！小麦，我不知跟你说过多少遍，我们要走正道，不能小偷小摸……"

茉莉那痛心疾首的模样，似乎当真以为小麦已经偷了 Q 宝。小麦被说得回不了嘴，已是一脸难堪，倒是米博士这时将那根棒棒糖三两下嚼碎吞了，说道："茉莉小姐，也别责怪令爱了，还是让我先看看 7723 吧。"

小麦还想再说什么，茉莉已是一瞪眼，喝道："还不去带过来！"

小麦无计可施，答应一声便去了。等她一走，茉莉面有愧色地向米博士道："米博士，真的很抱歉，我没管教好女儿。"

她还要更诚恳地道几句歉，后门又开了，小麦领着7723走了进来。一见7723，茉莉吃了一惊，问道："米博士，这个是Q宝7了吧？好像比Q宝6大一些。"

一见7723，米博士马上就凑了过来，跟只土拨鼠一样，一边上上下下仔细地检查7723的全身，嘴里一边嘟囔着："暂停！很好，很好，它可不是Q宝系列的……视觉系统正常，上肢关节正常，下肢关节正常，运动反射……咦，你是把记忆元件从这里取出来的吧？"

米博士指了指7723腰间修补过的地方。这地方用3D打印修补后一点也看不出来了，7723点了点头道："是啊，它坏了嘛。"

米博士搓了搓手道："没关系，不用担心。我有你初始状态的备份，只要把内存条补上，然后重启，恢复初始设置，你就焕然一新啦！"

7723吃了一惊，问道："等等……恢复初始设置？这意思是说，那时我的记忆就全都没了？"

这时米博士已经打开7723的机甲，插入了芯片，顺口道："当然，焕然一新，就跟刚出厂时一样……咦，你怎么回事？"

米博士这时已经调出了全息显示屏，正要去按下初始化键，却一下停住了。茉莉不知又发生了什么事，凑上前道："米博士，怎么了？"

米博士喃喃道:"奇怪,怎么会是这样的?居然有自主意识了,真是奇怪,难道……"他说着,眼前突然一亮,道,"茉莉小姐,我要马上带7723回实验室去。我的实验,很可能比预想的还要成功!"

米博士已是兴奋得满脸红光,手在衣服的内口袋里乱摸,却摸出根棒棒糖来。原来,别人有烟瘾,米博士却有"棒棒糖瘾",一兴奋就要来根棒棒糖过过瘾,因此他总是随身带着很多棒棒糖。他把棒棒糖撕了包装纸往嘴里一塞,便要拖着7723出去,小麦急道:"等等,你别动手动脚的!"

刚才米博士打开7723的机甲时,小麦就已经忍不住要说话,只是7723自己一声不吭,她也就没说什么。现在见米博士竟然要带走7723,自然再也忍不住。茉莉道:"小麦,你别胡闹,这是人家的Q宝。"

米博士嘴里塞了根棒棒糖,听到茉莉这话,忙拔出棒棒糖说道:"不不不,这不是Q宝!它……它是新型的、独一无二的超级机器人,我一定要马上带它回实验室才行……"

他话还没说完,门口却传来了一个声音:"米博士,你不能走。"

这个声音很突然,茉莉也不知自己家里怎么又来了这么一个人,抬头看去,惊道:"Q宝!"

站在大门口的,正是茉莉那天在IQ大楼领来的新型Q宝

6。这 Q 宝 6 在家时很贴心，什么事都整理得井井有条，只消茉莉一发话，它马上就去办，因此茉莉对它一向很满意，可现在这个 Q 宝 6 自说自话地堵在了门口，完全没有让开的意思。茉莉有些诧异，叫道："Q 宝，米博士要回去了，别挡在门口。"

平时若是这么一说，Q 宝 6 马上就会应声而动，绝不会有误。可这时那个 Q 宝 6 却仿佛没听到，还是堵在门口道："米博士，你不能走。"

这 Q 宝 6 翻来覆去，就只有这一句话，只是两眼却开始发红。这种情形茉莉还没见过，不禁有些发毛，心道：出故障了？还没等她再说什么，米博士突然从大衣里掏出了一把电击枪，对准 Q 宝 6 开了一枪。电击枪对人体没有实质性伤害，但电流能够破坏机器人的核心系统。米博士多半也并不惯于用电击枪，那把电击枪连连发射，打得 Q 宝 6 浑身都冒出烟来，只是它还在拖长了声音道："米——博——士——不——能——走——"

见米博士突然拔出枪来，茉莉也是吓了一大跳，叫道："天哪，你这是在干什么？！"这 Q 宝 6 来到家里虽然没多少时间，可茉莉一直很喜欢，被米博士这么胡乱电了一通，也不知修不修得好，她实在有些惋惜。米博士的脸却已煞白，喃喃道："哎呀，真的是大事不好了，十万火急！"

米博士说着，便拖着 7723 要走。只是他刚走了一步，门口突然又传来了一个声音:"米博士,你果然在这里啊。"

一听到这声音,茉莉的眼睛都亮了,但米博士却一下张大了嘴合不拢。

这声音,正是出自人见人爱的IQ智造CEO庞贾廷。随着"咚咚"几声沉重的脚步声,庞贾廷出现在门口。那几声重重的脚步声,自然是与庞贾廷形影不离的战王发出来的。

"老庞……"米博士张大了嘴,已是说不出话来。庞贾廷却是神情自若,背着手踱了进来。

"哇!"

这声不合时宜的尖叫,却是茉莉叫出来的。茉莉直到现在还有点不敢相信进来的是庞贾廷,至于庞贾廷为什么来自己家,她是根本不愿去想,也没时间去想了。这时她满脑子都是兴奋,叫道:"庞贾廷!太好了,我可是你的粉丝!极其忠诚的粉丝!给我签个名好不好?"她一边说着,一边真的从身边翻出了一个小本子来便递了过去。庞贾廷仍是和在会场上一样,一脸的亲和,微笑道:"好,好。"

如果不看正在瑟瑟发抖的米博士,这一切简直就是一出可以上电视台的广告短剧了。茉莉拿到了签名,兴奋得都不知该怎么好了。庞贾廷这时走到米博士身边,十分亲热地圈住了他的脖子道:"老米,你今天大概糖吃得太多了,都有点糊涂了吧,要不是Q宝及时通知我,我都不知道你会自行其是到这地步。"

他又冲着茉莉和小麦道："两位女士，真是抱歉，这个产品是我们公司的实验品，还很不成熟，必须马上回收。给两位添麻烦了，我一定会……"

没等他说出要补偿什么，米博士也不知哪里来的力气，忽然一下挣脱了庞贾廷的手臂，叫道："老庞，你才是糊涂了。如果你还能听得进我的话，就不要干下去了！还记得我们刚创业那时候吗？那时你说要造出改变世界、创造美好未来的机器人，可后来造出的却是战王，还有这个！"

他指了指地上被电击枪击得已动弹不了的Q宝6。茉莉很不解，插嘴道："米博士，Q宝有什么不好了？"

庞贾廷身后那个跟一堵墙一样的战王，一看就不适合家用。但Q宝小巧玲珑、善解人意，而且什么都会做，茉莉实在想不通那有什么不好。这时她真有点怀疑米博士就如庞贾廷说的那样吃糖吃得太多，吃得糊涂了。

米博士道："这个好？这是杀人放火的机器人啊！"

这句话脱口而出，米博士的脸也一下煞白。他有些心虚地看了一眼站在门口的庞贾廷，庞贾廷脸上仍挂着那副充满亲和力的笑容，仍是无动于衷。茉莉有些尴尬，干笑着道："米博士，你真会说笑话。庞先生，你看米博士他——"

"刺"的一声，一道明亮的白光闪过，米博士突然成了一堆粉末。茉莉的笑容一下子僵住了，都不敢相信自己的眼睛。

此刻，她震惊到极点，也害怕到了极点。

庞贾廷的手中出现了一把激光枪。他装模作样地在枪口吹了吹根本不存在的硝烟，微笑着说："完全正确。'杀人放火'对我来说，就是'创造美好的未来'。"

CHAPTER 010

突袭

杀死米博士的庞贾廷道出了毁灭人类的计划；卸载了武器系统的7723，在强大火力的围攻中无力反击……

当庞贾廷和战王这两个不速之客闯进自己家里时,小麦便隐隐约约猜到了些什么。待见到庞贾廷杀了米博士,她心头更是雪亮:对,一定是这样!

当初7723在打爆了花木青的Q宝6时就说过,Q宝6体内有武器。那时小麦根本不知道民用机器人是不可能装配武器的,只因为7723有武器,她就以为这是稀松平常的事。现在才知道,原来这当中有一个极大的阴谋,IQ智造以如此低廉的价格推广Q宝6,倘若每台Q宝6都有武器……

"你要杀了我们?"小麦叫了起来。

庞贾廷猛然间转向了小麦,那张脸却下意识地又露出亲切的笑容:"杀了你们?不,不,当然不是指你们几个。"他顿了顿,手向着空中画了个圈,接着道,"我说的是所有人,全人类!"

要杀光全人类!茉莉只觉自己都喘不过气来了。今天真是太刺激了,居然做了这么一个怪梦,人见人爱的庞贾廷怎么会说出这样的话来呢?她快步移到了小麦身边,小声道:"小麦,快拧我一下!"

这一回，小麦业已来不及拧她了，庞贾廷的这张脸已然一下子耷拉下来，喝道："战王，干掉她们！"

庞贾廷身后突然出现了两点红光，那是在他身后一直动也不动的战王的眼睛。茉莉已经连惊叫都叫不出来了，只顾着打哆嗦，小麦也只觉心头一片冰凉。

战王虽然并不是很灵活的那种机器人，但房间里那么小，她们就算想逃也逃不掉。看着战王举起了左手，那条铁臂不住变形，成了一个黑洞洞的炮口对准她们，茉莉都快站不住了，可还是一步站到小麦跟前，叫道："小麦，快逃！"

妈妈……

就算死亡已迫近眼前，小麦心里反倒有一丝暖意。她一直以为妈妈只把机器人当成家人，根本不关心自己，可在这生死关头才知道妈妈最关心的仍是自己。她伸手去握妈妈的手，只想着：就算死了，也要跟妈妈死在一起……

一道冲击波从炮口射出。但就在发射的前一刻，一个影子闪电般掠过，一把抱起了小麦和茉莉，绕过战王冲了出去。不论是战王还是庞贾廷都不曾料到，战王那一炮轰得客厅里的家具跟碎纸片一样纷纷扬扬，却落了个空。

救了小麦和茉莉的，正是7723。庞贾廷和战王进来后，只以为7723是普通的机器人，得意忘形之下，虽然杀了米博士，却也因此解除了米博士对7723所下的暂停指令。7723的武器系统虽然卸载了,可别的都完好无损,立刻启动了喷气助力系统,在千钧一发之际将茉莉和小麦救了出来。

喷气助力系统虽然有效,却不能持久。当出门到了前院,7723便将两人放了下来。茉莉仍是惊魂未定,叫道:"庞贾廷竟然是坏人?"

就算庞贾廷在她面前杀了米博士,就算战王已经把她的家都毁了,茉莉仍然不愿意相信这件事。小麦叫道:"妈,都这样了还不是坏人?7723,打爆他!"

虽然战王看上去很厉害,但是小麦并不害怕。她与7723对付过警察机器人,那些警察机器人只怕不比战王逊色。但7723却犹豫了一下,轻声道:"对不起,小麦……"

"轰"的一声,战王冲破了小麦家房子的墙,坦克一样直冲过来。还没等7723说完这句话,战王的离子炮就发出了。

这一炮正打中7723的前心,7723被打得直飞起来,竟然越过了围墙,落到了门外大街的对面。它一落地,右手一下往地面插去。超强度合金的五指如穿腐泥,一下插入了水泥地面,这样总算稳住了身形,没有摔倒。只是没等它站稳,战王又冲破了围墙,冲上了大街,对着对面的7723又是两炮。

战王根本没有理睬院子里的茉莉。在战王眼里,对手只有7723一个。茉莉站在已是一片残砖碎瓦的院子里,仍是目瞪口呆,都不敢相信发生的事情。这时忽然空中一个巨大的东西直飞而来，砸向了茉莉，可茉莉根本已经顾不上躲闪了。正在这时，小麦一个箭步过来，一把将妈妈拉到了一边。

那个东西是战王与7723格斗时被炮火震飞的一辆汽车残骸。当那辆烂汽车重重砸在茉莉刚才站的地方，砸出了一个大坑，泥土碎石飞溅的时候，茉莉这才回过神来，跟小麦躲到还算完好的墙根处，小声道："小麦，这……这到底是怎么回事？"

庞贾廷的突然造访，对茉莉来说实在是难言的幸福。可这个还没来得及向别人吹嘘的幸福转瞬间就成了一场最可怕的噩梦，她迷得要死要活的庞贾廷竟然是个心理变态的家伙，而温暖的小家在一分钟之内化成了废墟，茉莉实在无法接受。小麦没好气地说："你问我，我还想问你怎么回事呢。"

庞贾廷显然是很想消灭7723，所以战王的攻击不遗余力。可是在街的对面，7723却只是不停地躲闪，时不时地抓起路边停的汽车向战王扔过去。小麦越看越急，站起身将双手搭在嘴边，叫道："快开枪！你那把……那把4万兆瓦的什么枪！"

7723当初说过，它手臂中有一把4万兆瓦能耗的脉冲离子枪。那时7723一枪打出，就将花木青的Q宝6打爆了。战王虽然厉害得多，但只要多打几枪，一定也能打爆！小麦只道是7723被打昏了头，都不知道使用武器了，再顾不得一切，跳出来冲着7723叫着。

茉莉见小麦突然跳了出去，而就在不远处她们家的废墟上，赫然站着庞贾廷。庞贾廷手里还拿着那把激光枪，正聚精会神地看着那边正在与7723搏斗着的战王，似乎并没有发现小麦。只是茉莉实在担心这个心理变态的家伙会干出什么事来，一把抓住小麦将她拉了回来，小声道："小麦，小心庞……那个家伙！"

"庞贾廷"这个名字，在茉莉心目中一直都是如此美好，她实在不习惯将这个名字与那变态联系在一起。小麦被茉莉拉回来时，仍盯着7723。可那一边7723似乎根本没听见她的叫声，仍是抓起地上的东西与战王厮杀，抓到什么就是什么，也不管顺不顺手，因此只能勉强招架。倒是战王听到小麦的叫声，却向这边看了过来。它一分心，7723乘虚而入，将一辆摩托车狠狠掷向战王前心。"砰"的一声响，摩托车把战王的胸口砸了个粉碎，战王那庞大的身躯也被砸得晃了晃，可依然没有倒下。

见7723没有输，小麦才放下心来，可仍不明白它为什么还是不用武器。因为听妈妈说庞贾廷那个家伙就在边上，她顺势瞟了一眼，见庞贾廷真的就站在离自己不远的十来步处，不由得吓了一跳。只是虽然离得如此之近，庞贾廷却仿佛没有发现她，突然他身子一颤，怕冷一样一哆嗦。而这时，正是7723将摩托车砸到战王前心之际。

庞贾廷有病吗？

小麦不由得诧异。这时那边的7723却已一拳将一根路灯柱砸倒，抓起路灯柱扫向了战王。战王的身体很大，转动并不很灵活，7723一连三下都扫在战王身上。只是粗大的路灯柱对战王来说也似乎不管用，当7723第三次扫来时，战王一把抓住了路灯柱的一头，左手的离子炮对准了7723。

当7723的路灯柱第一次扫中战王的时候，小麦又看到庞贾廷一个抽搐。这个残忍变态的家伙似乎一直没什么病，为什么会这样？小麦正在诧异，7723又扫中了战王两下。"咣咣"两声响，庞贾廷却仿佛在应和这声音，每当7723击中战王的时候，庞贾廷的身体也为之一颤，仿佛7723在打中战王的同时，也打中了他一样。

不对，这里面肯定有问题！

小麦忽地站了起来。茉莉见女儿突然又起身，急得小声叫道："小麦，小祖宗……"只是没等她再叫出什么名目来，小麦捡起地上一块水泥块，狠狠地向那边的庞贾廷腿上砸去。

"砰"的一声，战王手里的离子炮击中了7723，把7723打得将身后的一堵墙撞塌了半边，而小麦的水泥块也正砸中庞贾廷的膝盖。只是与小麦所想的不同，发出的竟然是砸到金属的声音。而庞贾廷虽然被砸得晃了晃，竟然毫无反应，倒是那边的战王正要向从瓦砾堆里爬出来的7723第二次发射离子炮，突然毫无来由地一晃，离子炮顿时失了准头，一下子从7723

-151

身边掠过。

奇怪了。

小麦似乎想到了什么，手里的水泥块又向庞贾廷连砸了两下。"咣咣"两声，庞贾廷还是动也不动，那边的战王却发现了小麦的行动，也不管7723了，大踏步向小麦走过来。

见这个庞大的机器人如同山一样压过来，小麦心里一慌。手里的水泥块原本就很重，她情急之下连砸了三下，心头一慌，马上手一松，水泥块便掉了下去。她正想再去捡，头皮一紧，抬头看去，只见庞贾廷这时突然间活过来一般，一把抓住了她的头发。

庞贾廷怎么突然有反应了？小麦还来不及想清楚这问题，却听到茉莉叫道："放开我女儿！"

那边的茉莉已经吓得浑身发抖，只想早点逃开。她没想到女儿胆子这么大，居然去攻击庞贾廷了。本来她也不敢动，可见庞贾廷一把抓住小麦的头发，茉莉就跟揪到了自己一样，再也顾不得害怕了，一下子便冲了出来，一把抓住了庞贾廷揪住小麦头发的手。

茉莉平时总在家又蹦又跳地健身，力气其实也不算小，可是庞贾廷这只手却简直跟铁的一样，哪里扳得动？庞贾廷那张原本让人一见便生好感的脸这时拉得跟马脸一样长，揪着小麦的头发就是不放。正在这时，一团毛茸茸的影子"汪"的一声，也不知从哪里突然冲出来，一口咬住了庞贾廷的腿。

那是馍馍。刚才屋里打得翻天覆地、墙倒屋塌，馍馍也不知躲到哪里去了。但一见小麦被庞贾廷抓住，馍馍也不管三七二十一，一声叫便冲出来。

如果7723的语言翻译系统还在工作，定能听得到馍馍在叫着"竟敢惹馍大爷的大姐头，真是活腻味了"之类。庞贾廷当然不懂狗语，被馍馍咬住了腿，便是一个踉跄。他伸腿一甩，馍馍一下被甩了出去，却跟猫一样在空中翻了个身，又稳稳落地，狠狠地盯着庞贾廷，作势再要扑上。只是没等馍馍再次攻击，一个身影一闪而过，忽地从庞贾廷手里夺过了小麦。

那是7723。7723刚才被战王的离子炮击中前心，虽然还没能打破机甲，可是被打得有种要散架的感觉。它的情感系统已经接近完善，从瓦砾中爬出来时，7723感到了一阵恐惧。这种感觉本来是能够使机器人躲避危险，可现在却显得如此不合时宜。

如果前心再遭离子炮击中，机甲可能会损失掉许多。只是战王那致命一炮居然射歪了，随即丢下自己转向另一头，7723大感惊异，抬头看去，正看见庞贾廷抓住了小麦的头发。

看到小麦被抓住，7723比自己的机甲被击破更难受。好在它的助力系统仍没问题，突然发动，更是快如闪电。只是它一抢过小麦，身后忽然便是一震，却是战王突然又活过来似的，一炮击中了它的后背。7723本来还要将茉莉也拉过来，被这一炮震得一个趔趄。它生怕伤到了小麦，双臂一合，护住小麦后，整个人撞向了小麦家残存的客厅墙壁。

"哗"的一声，那堵墙壁彻底垮了下来，碎砖、尘土盖了7723一身。7723怕小麦有事，伸开了双臂，却见小麦一下子跳了出来。有7723护着，她一点都没伤到，只是那一头紫色头发上也尽是尘土了。

一跳出来，小麦便失声叫道："妈妈！"

小麦被7723拉了出来，但现在庞贾廷却抓住了茉莉。茉莉在庞贾廷怀里又是踢又是打，可庞贾廷却浑然不觉。

7723拦住要冲过去的小麦，说道："我去救她！"只是没等它冲上前，战王忽然横着移过来，如一堵墙般挡住了它的去路。

天空中，忽然传来了一阵轰鸣声，一艘飞行器驶到了小麦家上空。虽然是夜晚，但是飞行器下方"IQ智造"的LOGO还是清晰可见。这飞行器一飞到他们头顶，便悬浮在半空。稍稍停顿了一下，下侧突然打开，无数个保安机器人雨点一般落了下来。

糟了！

还没等7723冲过去，那些保安机器人一落到地上便将它团团围住。仅仅是一瞬间，这些保安机器人几乎要把7723淹没了。而庞贾廷已经一手抓着茉莉，一手抓着悬梯，升进了飞行器里。

"妈妈！"

小麦只觉眼里几乎要有鲜血淌下来。她不顾一切地向前冲着，可是保安机器人一窝蜂似的堵住了她的去路，如果不是7723替她将保安机器人打散，小麦连一步都上不去，定然早被这群保安机器人捉走了。只是7723和小麦进一步，退两步，想上前一步实在比登天还难。半空中，那艘飞行器下侧的开口却一下闭合了，一个巨大的炮口从那里探了出来。几乎是同时，在身后，刚才也不知出了什么事不再动弹的战王这时恢复了行动能力，从它的肩头也升出了一支比手臂还粗的炮筒。

腹背受敌，还有那么多的保安机器人。7723在一瞬间便已做出了决定。它一把捞住了小麦的腰，小麦还在想要上前，被7723抓住后拼命挣扎，叫道："你要干什么？快去救她啊！妈！"

只是小麦虽然在叫着，却也发现了面临的危机。这时馍馍不知从什么地方钻了出来，一下跳进了7723怀里。它从来没咬过人，刚才见庞贾廷抓小麦的头发，便咬了庞贾廷的腿，却被他一下甩开，仍是不甘心，想找机会再咬他一口。可是见到这情形，馍馍也知道已是走投无路。它现在最信任的就是7723这个大哥，也顾不得多想，一溜烟便跳进7723怀里。

炮响了。

从飞行器上打下的脉冲炮，与战王肩头发出的跟踪导弹，几乎同时射了出来。

在这个和平年代里，已经很少有人见过真正的炮了。目标，都是对准了7723。尽管这个时候7723正和密密麻麻的保安机器人纠缠在一起，这一炮下去，定然会两败俱伤，不过无论是在庞贾廷心中，还是战王的心中，这些保安机器人根本不是个东西，也完全不会被放在心上。

"轰"的一声巨响，仿佛发生了一次小型地震，小麦家那点残存的建筑在眨眼间便淹没在一片火海之中，那些密密麻麻的保安机器人更是纷纷支离破碎，连一个完整的都很难找到了。7723的影子也随着这一炮消失得无影无踪，仿佛熔化在火焰里。

看着烈焰腾空而起，那些保安机器人在火焰中挣扎，也根本找不到7723的影子，不知是被轰成了碎片还是被压在火焰的下面了。

战王站在这堆火焰边，仍是一堵墙般一动也不动。这时飞行器上垂下了一架悬梯，正落到战王身边。战王又看了眼火焰，这堆烈火现在仍然没有熄灭的意思。它终于没有再停留下去，攀上悬梯，上了飞行器。

小麦家已经成了一片被火烧焦的废墟。然而在这废墟下面数米深的下水道里，7723抱着小麦和馍馍，正透过火焰，从头顶的一个缺口里看着那艘飞走的巨型飞行器。

刚才7723已知道自己绝无可能再逃过这三方面的夹攻了。它当初在隧道口遭到特警机器人用导弹围攻，如果不是刚好掉进了下水道的缺口里，那一回就要被炸得粉身碎骨了。因此看到飞行器与战王同时有炮火打来，7723便有了这个主意。

尽管两者几乎是同时发出的炮火，但飞行器上的大炮自上而下，而战王则是从后面打来，当中会有一个极短的时间差。7723就在飞行器的大炮轰到地面的那一刻，跳入了炸开的中心。它将小麦与馍馍抱在怀中，保护她们不受伤害，就在那一瞬间，发动了助力系统。

城市的下水道无处不在，密布整个地下。平时因为有厚厚的地面隔着，人们根本不会觉察到脚底原来是空的，7723没有了武器系统，也很难凭空打个洞钻下去。然而飞行器上发出的这一炮威力实在太大了，地面已被炮火震酥，7723就趁着这当口用助力系统撞出了一个洞，团身冲了进去。它的时间把握得极其准确，身体刚落下时，战王的一炮已打到。只消稍慢片刻，就算7723能够承受住战王这一炮，它怀里的小麦和馍馍也承受不住。所幸运气终于光顾了它一次，7723就抢在这两炮的间隙中钻进了下水道，以至于连死死盯着它的战王都被瞒过了。

看着飞行器飞走，7723才把怀里的小麦和馍馍放下。一从7723怀中跳下，还没等馍馍溜两句须，小麦便指着7723叫道："你个白痴！你到底在搞什么啊？我妈被他们抓走了呀！"

虽然小麦骂得有些无理，但7723心里十分沉重。它小声道："对不起，小麦……"

"对不起有什么用？你为什么不用武器跟他们打？你就是这样罩着我的吗？还说什么是我的大英雄，你只会傻站那儿，看着坏人把她抓走！你个大白痴！"

先前的搏斗中，小麦看得很清楚，7723远比战王要灵活。如果当时能够抓住机会，大概几炮就能结束战斗了。可是7723却总是拿些路灯杆、汽车、摩托车之类去砸，这些对防御力极强的战王来说根本无关痛痒。小麦已是越想越气，也顾不得7723刚才冒着生命危险救了她和馍馍，劈头盖脸就骂了起来。

7723垂下了头，低声道："我……我已经没有武器了。"

小麦指着7723的手顿时僵住了，好一阵才问道："没有武器了？"

仿佛打开了一个无形的阀门，7723抬起头来，看着小麦道："是的，我把武器系统卸载了。"

"为什么？你个大白痴，为什么要卸载武器系统？"

小麦突然间冲了过来，一边哭，一边拼命打着 7723 的身体。看着小麦的爆发，7723 更加难过，说道："对不起，小麦，我的内存已经满了……"

"满了你就删掉些别的记忆好了，我不是教过你吗？为什么要卸载武器系统？"

小麦的眼泪已是止不住地流出来。其实就算 7723 的武器系统还在，方才那种情形下也不一定打得赢，可是看着妈妈被庞贾廷抓进了飞行器后，任何一线希望在小麦心中都会被无限放大，便只觉得那都是 7723 的错。7723 被她骂得还不了嘴，只能站着，等小麦骂得累了歇一歇的时候，它才说道："因为我的记忆里都是你，一个都删不掉。"

如果是平时，这句话会让小麦莫名地感动。可是现在她听了，怔了怔，忽然叫道："武器能救我妈，但你的记忆可以吗？你觉得哪个更重要？这么简单的道理你不明白吗？"

小麦的叫声已经有些嘶哑，7723 只觉得说不出话来。能说自己是因为生怕这套武器系统会使小麦一步步走向不归路吗？也许都对，可小麦说得也对。如果武器系统还在的话，茉莉也不会如此轻易地被庞贾廷抓走了。它见小麦转身便要走，忙闪身过去拦住了她道："小麦，你要去哪里？"

"我要救妈妈去！"

7723 闪到了她身前，说道："小麦，你怎么进去？IQ 大楼已经被封锁了，你根本上不去！"

这句话终于让小麦站住了。虽然一心要去救妈妈，可她也知道单凭自己，这是根本做不到的。但要她向 7723 求救，小麦也是不乐意。7723 倒不管她愿不愿意向自己求救，调出了全息屏，说道："小麦，你看，这是 IQ 大楼的全貌。庞贾廷的办公室在顶层，虽然往这儿一直走，就可以直接通到楼下，可你顶多就到地下层，到了地面一层，你只要一露头就会被楼里的保安机器人抓住的。"

小麦去过 IQ 大楼，自然看得出来。她道："你怎么会有大楼的全貌图？"

"我是米博士亲手做的，他把这些资料全都输入我的内存里了。"

一说到米博士，7723 又是一阵难过。如果用人类的眼光来看，米博士可以说是自己的生身父亲，只是 7723 在知道这一点的同时，米博士就惨死在庞贾廷枪下。

所以，帮小麦对付庞贾廷，也是为米博士报仇！7723 没有再难过下去，接着道："大楼的每一层除了维修机器人，更多的就是保安机器人和客服无人机。现在庞贾廷肯定已经回到了大楼里，这些机器人和那些 Q 宝 6 一样，都已经接受了他发出的指令来抓我们，所以只要被它们发现，我们就无法前进了。"

小麦咋舌道:"庞贾廷这么厉害吗?"

"IQ 智造出品的所有机器人都留有后门,庞贾廷可以随时控制它们。"

"可是你怎么没被控制?"

"我是米博士制造的,没有留后门,所以庞贾廷要除掉我。"

先前米博士来小麦家算是十分小心,可是当他要带着 7723 走时,就是因为被家里那个 Q 宝 6 通知了庞贾廷而失败的。小麦皱了皱眉,喃喃道:"那没有办法吗?"她突然眼中一亮道,"你不是有那个助力器吗?楼里上不去,难道不能从楼外直接飞上去?"

"喷气助力器的功能是增加速度,不是飞行。最多只能提升五米。"

五米,那连两层楼都不到,别想到几十层的 IQ 楼顶了。小麦叹了口气,皱起眉头。看着她这模样,7723 便是一阵难过。

放弃吧,你完全没机会的。7723 想这么说。以它的中央处理器计算得出的结果,准确率向来高达 90% 以上。不管怎么算,想救出茉莉的可能性都是低而又低。最好的办法是逃跑,但这个结果不必经过计算,7723 也知道一说出来就又要招来小麦的一通臭骂。只是,无论如何,都必须告诉她。

"小麦,你听我说,你的成功机会只是 1.3%……"

"别说了!"小麦一下打断了 7723 的话,她的眼里已然满是泪水,"就只会拿你那些计算结果来忽悠我,不要再说什么生怕失去我,你其实只是为了自己,根本不是为了我!你知不知道亲人对你意味着什么?"

小麦越说越气,猛地一脚踢去。下水道里到处都是污水,她的脚边便积了一摊,这样一脚,污水飞溅起来,尽洒在7723身上。7723有点手足无措,小麦却一擦眼泪,转身一边急急跑去,一边叫道:"不要再跟着我!"

CHAPTER 011

潜入

救母心切的小麦孤身一人潜入IQ大厦，在即将被抓的千钧一发之际，援军赶到。

虽然小麦说7723尽拿计算结果来忽悠自己,但当她按照7723说的路线从下水道顺利进入IQ大楼的底层时,明白7723说得一点也没错。

从上面不时传来一阵阵的欢呼声,只不过在底层听来有点模糊。今天就是那个米都杯激光足球总决赛的日子,激光球场里已满是观众。不过球场的声音再嘈杂,传到这儿来时也很轻了。

在底层没什么保安机器人,但只要一出底层,想不被在大楼里到处穿行的保安机器人发现,实在是不可能的。小麦打量了一下四周,马上发现了米博士那个秘密实验室。她见四周没人,一下闪了进去。

被庞贾廷发现后,实验室里的设备都已被搬走了,现在就是间空房子,里屋那张机器人打怪兽的海报倒还在。小麦进去时,里面一个无人机正在絮絮叨叨地说道:"博士,差10分7点了……差9分7点了……米博士……哎哟!"却是小麦一把抓住了它。

这无人机正是米博士的秘书机器人富贵。一被小麦抓住，富贵便叫道："放开我！放开我！"可是它只是个无人机，力气还没有小麦大，哪里挣得脱？

一听到这个声音，小麦却放下心来。7723先前说IQ大楼里所有的机器人都留有后门，但因为它是米博士亲手造的，没有后门，所以庞贾廷控制不了。小麦一下想到的，就是这个无人机富贵。她记得第一次来到这里时，米博士也说过，富贵也是他亲手制造的，那么应该同样没有后门才对。而且它只是个无人机，可能庞贾廷根本没注意到它。当听到富贵这样惨叫着挣扎，却没有通知别的机器人，小麦这才放下心来。她凑到富贵的听筒前道："富贵，是米博士叫我来的！"

这句话仿佛有魔力，富贵一下停止了挣扎，说道："哈哈，你就是那个紫头发小姑娘！米博士正说要找你呢。他说会带一个人回来，要我在这儿等，难道就是你？"

米博士说的，肯定就是7723了。小麦心里突然也有点难过，说："米博士被庞贾廷杀了，他不会来了。"

"庞总杀了米博士？真是个新闻！"

这句话让小麦有点担心，她道："怎么？"但富贵马上道："资料更新，根据程序，为米博士默哀3分钟。"

它一说默哀，果然默不作声了。小麦急道："别默哀了，米博士要你带我去庞贾廷办公室！"

富贵的眼睛突然一下睁开了："资料更新。新主人：苏小麦，女，12岁，米都二中初一（1）班学生。新任务：带苏小麦去庞总办公室。请主人坐上来。"

小麦几乎有点目瞪口呆。与几乎完全像是真人一样的7723相比，这个富贵才是个不折不扣的白痴机器人。不过现在它越白痴越好，如果它真的很聪明，反倒不好办了。见它一副兴冲冲立刻就要出发的模样，小麦忙道："现在不能往楼里走了。"

"明白，今晚所有机器人都得到命令，见到苏小麦和7723都必须进行拦截。请主人放心，我的高性能中央处理器已经准备了一条万无一失的路线。"

从外面的下水道口出来，已是IQ大楼的外面了。看了看高得仿佛插入云霄的IQ大楼，那艘飞行器正停在顶上，看上去更显得高不可攀，小麦不禁有些忐忑，小声道："富贵，你飞得上去吗？"

"作为一个优秀的机器人，这样的高度不在话下，请主人放心。"

小麦轻轻叹了口气。虽然富贵的人工智能远远不及7723，不过这吹牛的本事却比7723强得太多了。只是现在大概已是唯一的办法，她坐在富贵上面，说道："快去吧。"

富贵升了起来。不管怎么说，富贵有一点至少没吹牛，它的飞行系统相当优秀，这么个无人机带着一个小女孩直直飞起来时，连一点声音都没有。

一层，两层。现在又能看得到激光球场了，里面已是人山人海，那两支球队正在入场，一阵阵欢呼声传出来。小麦有点眼馋地看了一眼，轻轻叹了口气。

在观众里，小麦一眼看到了花木青坐在那里。花木青坐的是最好的位置，她一定能畅快地享受这场比赛，只是自己铁定看不到了。

暮色中，富贵带着小麦越升越高。再升上几层，就要来到顶楼了。小麦心里一阵激动，正在这时，却觉得身下忽地一晃。她原本端坐在富贵上面，这一晃差点把她晃下去。小麦下意识地低头一看，却见自己已经悬在了半空里，路面上驶过的车辆只有蚂蚁大小，她吓了一大跳，轻声叫道："富贵，小心点！"

"能量……能量不足……"

富贵是秘书无人机，本来就不是专职携带重物的。平时飞行时这点能量足够，可是带了个小麦，升到这儿已是它的极限了。小麦急道："现在到哪里给你充能量去？再坚持一下！"

"坚持一下"这类话，只能跟人类说，对机器人却是没用的。富贵忽然一侧身，斜斜地向着大楼窗户飞去。它上升时没动力，这样摔下去却是越来越快，"咣"的一声，撞在窗户上，玻璃顿时碎了一地，连人带无人机一下子冲了进去。

-167

糟了！小麦的心一下沉了下来。玻璃其实是富贵敲碎的，小麦实际掉下来的高度还不到两米。这样的高度摔下来，对她来说也是家常便饭，也就是有一两处小划伤而已。只是小麦听7723和富贵都说过，今晚大楼里所有的机器人都接受了指令要拦截她。这儿离顶层还有好几层，自己多半不能冲破那些机器人的拦截。

这时从拐角处传来了一阵声音，多半是保安机器人听到声音过来查看。小麦看了看四周，见边上有一株很大的盆栽，马上藏到了后面去。她刚藏好，一队保安机器人便已过来了。见到富贵摔在一边，马上围了过去。富贵是 IQ 大楼里的无人机，这些保安机器人显然把这件事当成一起能量不足引起的普通事故了，有个维修机器人马上带了便携能源来为富贵临时补充，又拖上传输带去维修车间，一时间很是混乱，只是不知为什么，并没有预想中的那么多机器人。

现在只能从直通楼顶的旋梯上楼了。可是那些机器人围在楼梯口，要不引起它们的注意上去是根本不可能的。小麦正想着，肩头忽然一紧，一个平平板板的声音在她身后响了起来："小妹妹，找到你了！"

那是个保安机器人，也不知什么时候到了小麦身后。小麦大吃一惊，拼命挣扎。虽然这保安机器人的功率不是太大，可是以小麦的力气还是挣不脱的。

"发现目标,发现目标……"

保安机器人开始发出信号,这一层里的保安机器人闻声一下子都看向小麦这边。小麦叫苦不迭,虽然这里的机器人不是太多,但也有十几个,自己连一个都摆脱不了,别说那么多了。

难道就这么完了吗?她想起了7723说的话——1.3%的成功率,先前听的时候,她根本没当一回事,现在才算明白这个概率的真正意义。就算找到了富贵,有它的帮助,也只能止步于此。

可就算是注定要失败,小麦仍然不愿意就这样放弃。趁着那个保安机器人在发信号的当口,她猛地一脚蹬在它的前心。"咣"的一声,竟然一下脱离了那保安机器人的掌握,只是小麦也摔倒在地。

没等小麦爬起来,那保安机器人立刻上前一步,又要来抓她。只是它刚伸出手来,身子却是一晃,一块写着"此路不通"的牌子从下方突然飞来,正射中它的前心。这块路牌是箭头形状,当以极高的速度飞来时,不亚于真正的箭矢,竟然从保安机器人的前心插入,余势不绝,带着它向后飞去,"砰"的一声,将它钉在了墙上。随即,一个影子冲天而起,脚下踩着两团火焰,跳到了这一层,正落在小麦身边。

"馍馍!"

跳上来的其实是7723,馍馍神气活现地站在7723的肩头上，冲着小麦叫道："大姐头，我跟大哥一路杀上来的，帅不帅？"

虽然馍馍的话在小麦耳中只是一阵"汪汪"的吠叫，可是小麦的心头一样感到了一阵温暖。她摸了摸馍馍的头，不由得看了看7723。这时7723已经拦在小麦跟前，看着那群正围上来的保安机器人，说道："小麦，你也到这儿了！"

听到了7723的声音，小麦不禁有点想哭。7723跟自己说这件事成功的可能性只有1.3%，本来是想让自己打消这念头，可它还是这么一路杀上来了。大概正因为有7723的一路战斗，所以机器人都被引到下面诸层去了，结果这儿的保安机器人反倒没那么多。只是她还是板着脸道："不要你管！"

有一个机器人速度特别快，已经冲到了7723面前。这些保安机器人都已经得到命令，可以对7723动用极端手段，因此手中的电击枪都准备好了。只是7723不等它使用，一拳击出，将那机器人当胸打穿，顺势一扔，把后面的机器人也砸倒了好几个。它道："小麦，你听我说，就算成功率只有1.3%，但我们只要齐心协力，就能把1.3%变成30%，50%，100%！"

原来这才是7723要说的话！小麦心头忽然一热，可她还是不愿就这样认错，叫道："好呀，那你变出个武器来给我，不然你拿什么帮我？"

这时又有一个保安机器人冲了过来。这个机器人手臂中的电击枪已经贮足了能量，枪头上正噼啪作响地冒着电火花。7723闪过了它的攻击，左手一把抓住了它的手臂，右手猛地立掌砍了下去。如果它用的是手臂中的钛合金刀，这一下准是干脆利落地切下来。不过就算仅是手掌，那个保安机器人也经受不住，这条手臂一下被切断了。7723将那根手臂递给小麦道："用这个吧。"

电击枪对人类没有实质伤害作用，可是对机器人却相当有效。小麦抓住电击枪，心里顿时多了几分底气。只是见7723仍在空手肉搏，她道："米博士不是说初始化就能让武器系统回来吗？你为什么不初始化？"

7723一拳将一个冲过来的保安机器人打得飞出窗外去，却没有回答。小麦只道它没听到，又大声道："快点初始化吧。"说着，一按电击枪的开关，一道电流将面前的一个机器人电得不住发抖，"啪嗒"一声摔倒在地，却还在不停地震颤。

"因为……因为初始化后我会失去所有的记忆！"

小麦先前就很生气7723说自己其实是不愿失去记忆才会卸载武器系统的，现在这么说，只不过是重复了一遍，小麦说不定又会生气。只是这一次小麦却没有骂人，只是一边将拦路的机器人电倒，一边跟着7723前进，嘴里道："是吗？其实失去记忆也不算什么。"

"可是我会忘掉所经历过的一切,甚至会忘记要为谁而战!"

7723的声音突然更响了些。它的情感线路与别的机器人都不同,完全是从一片空白里成长起来的。正因如此,它也和别的装配有情感线路的机器人不一样,情感对它来说并不仅仅是一种应对的模式。小麦也感受到了7723的激动,只是她仍是冷冷地说:"你要为我而战吗?可我从小到大都是一个人,用不着别人可怜,连爸爸都可以丢下我,你为我付出那么多做什么?"

小麦的嘴里仍是冷冰冰地说着,但说到最后却还是有点微微的哽咽。7723正在对付那些蜂拥过来的机器人,原本也根本不会注意,但听到小麦的声音有异,百忙中它瞟了一眼,却见小麦的颊上已经挂了两行泪水。

原来,其实人类嘴里说的和心里想的不一样!

7723突然有种恍然大悟之感。小麦嘴上说的什么"用不着别人可怜",其实她是如此渴望着别人的关心。当初她要自己去做的那些近乎疯狂的事,都是为了掩饰她内心的不安吧。就好比她在说着连爸爸都可以丢下她的时候,其实心里很清楚,如果不是出了意外,爸爸绝不会丢下她。

"小麦……"7723的内心也在翻涌着,此时它才意识到,原来人类的情感竟会如此复杂。小麦见7723有些迟疑,忙催促道："怎么？"这时她手里的电击枪能源已经用完了，从保安机器人身上拆下来后又不能补充能源，小麦索性将它当成一根棍棒使用，反正她也用惯了棒球棍。

"小麦，我们不能改变过去，但我们一定能改变将来！"

小麦怔了怔。她没想到7723能说出如此令人心潮澎湃，又让人感到无比温暖的话来，强忍的泪水一下子涌出来，对7723尚存的一点恼怒也终于被泪水浇灭了。她哽咽着道："我永远不能原谅他丢下我，可是我真的好想他。"

这时，这一层的机器人已经被她和7723消灭殆尽，只剩下一个维修机器人了。尽管也收到拦截她和7723的命令，可是维修机器人连电击枪都没有，只是捧了个便携能源冲过来。小麦待它冲到近前，手中那条机器人手臂猛地一挥，就跟打棒球一样将这机器人扫得从旋梯处直摔下去了。她打翻了这机器人，抬头看了看7723，眼角还挂着泪水，却笑了起来："好在我现在有了你。"

原来人类和机器人一样，也有永远都不愿意删除的记忆。7723拉起了小麦的手，低声道："是的……"

7723还没说完，身后突然有个保安机器人跳了出来，直冲向它。本来7723一路杀上来，已经把这些机器人甩下了好几层楼，可它和小麦在这一层被拦阻了一阵，那些保安机器人便又冲了上来。这个保安机器人大概运动机能特别优秀，跑得最灵活，领先了别个好一段路。7723见这个机器人手中的电击枪已经蓄满了能量，伸手一把抓住，右手又是一劈，想把这把电击枪劈下来再给小麦当武器。只是这个机器人的动作异常敏捷，当7723右手刚一举起，机器人的左手便忽地压在7723的手臂上，不让7723发力。7723连着抽了两回右掌，那保安机器人居然也压了两回。7723正和这个保安机器人纠缠的当口，又有一个保安机器人沿着栏杆从小麦身后爬了上来，趁着小麦不留神，一把抓住了她的头发。

　　这个机器人的另一只手中也拿着一把蓄满了能量的电击枪，一旦击中小麦，虽然不至于给她造成实质伤害，却能让小麦半天都动弹不得。小麦拼命想要挣脱，只是头发被这机器人抓住了，怎么都摆脱不掉。眼见电击枪就要触到小麦的身体了，边上忽地蹿过一个小小的身影，"汪"的一声，便撞在那个机器人的手臂上。

　　这正是馍馍。因为要对付的都是些机器人，馍馍不是很勇敢，牙咬不坏那些机器人，力气也根本不是机器人的对手，倒是自己被摔飞了好几次。若不是那些机器人根本不把它当一回事，馍馍就算有它最恨的猫咪一样的九条命都不够丢的。本来它一直躲在边上，只顾着闪开乱撞的机器人，只是看到小麦遇到了危险，馍馍突然间脑子一热，便冲了出来。

　　"馍大爷在这儿，你们还敢逞凶？！"

虽然馍馍的叫声在小麦耳中听来只是"汪"的一声，但在7723的翻译器里却能够译出很多的意思。"砰"的一声，馍馍的脑袋撞在那保安机器人的臂上。因为吃惯狗粮，馍馍的牙并不厉害，别想咬破机器人的身体，可是它的脑袋却是硬得出奇，这一撞，竟然将那保安机器人拿电击枪的手臂也给撞断了。只是馍馍也被撞得眼前金星直冒，趴在地上动弹不得。

那个机器人被馍馍撞断了手臂，电击枪也没了，就剩了一条手臂。保安机器人的人工智能并不高，只剩一条手臂了，而在它的判断中，这个撞断自己手臂的家伙危险性比紫头发小女孩大多了，自然松开了小麦的头发，一把抓住仍然迷迷糊糊趴在地上的馍馍，呼的一下甩了出去。

它甩的方向，正是大楼的电梯口。电梯本身就是个机器人，在庞贾廷下达了拦截小麦和7723的命令后，根本打不开。眼见馍馍被甩得直飞出去，这一下子撞到电梯门准会头破血流，小麦恨得牙痒痒，趁现在那机器人松开了自己的头发，一把抓起地上被馍馍撞落的那把电击枪，对准那个机器人射去。

一道电流飞出。就跟装了弹簧一样，那独臂机器人被弹得越出栏杆，直往楼底摔了下去。而就在这时，电梯那边传来了"咚"的一声。

"馍馍！"

小麦实在不忍心看馍馍头破血流的样子。只是还没待她闭眼，耳边却传来了馍馍一连串的"汪汪"声。馍馍安然无恙，反是那扇本以为不会开的电梯门已经开了。

馍馍虽然撞到了电梯门，可它的脑袋硬得连机器人手臂都撞得断，虽然这样一撞有点晕，却也全然无事，倒是电梯门被它一撞，竟然指示灯闪烁了两下，打开了。

馍馍看着电梯门，一时还不明白到底是怎么回事，7723却已看得清楚。它同样没料到电梯门会开，可能是馍馍撞到门后将电梯的程序撞乱了。这电梯能直达屋顶，只要能进去，就可以躲开像潮水一样涌来的保安机器人了。7723一把抓过小麦，再一次发动了助力器，一下子冲进了电梯里。冲进电梯时，见馍馍还在门口迷迷糊糊地东嗅西嗅，只怕还没从撞击的昏沉中完全恢复，它一把捞过馍馍，另一手按向电梯关门键。

电梯门关了起来。有个冲在最前的保安机器人一下将脑袋钻进了电梯里，叫道："发现目标！发现目标！非法入侵！非法入侵！……"没等它再叫，小麦操起电击枪狠狠砸了下去。"咣"的一声，机器人的脑袋被砸了下来，在电梯里滚了两滚，门终于关上了。

CHAPTER 012

真相

7723与庞贾廷在纠缠中坠落球场；小麦则从富贵口中，听到了有关战王的秘密……

电梯在顶层停下了。

这是 IQ 大楼的行政楼层，庞贾廷和米博士的办公室都在这一层，绝大部分保安机器人没有权限到这一层来，所以这儿保安机器人反而很少。

从电梯出来，7723 扛着馍馍，和小麦小心翼翼地走着。米博士给 7723 的大楼地图里指明了庞贾廷的办公室，但那儿肯定会有很多守卫，必须万分小心。而现在最重要的，是找到茉莉。

7723 和小麦左右巡视着，闪开了几个巡逻的机器人。只是迷宫似的行政楼层里，就算有地图也很难找。7723 打开了一个办公室，里面一个办公机器人正坐在档案堆里看着什么，嘴里念念叨叨，听到门响了，这机器人的脑袋忽然转了 180 度，嘴里还在说着："给我来个便携能源……"待它的摄像头把这几个不速之客的影像传到中央处理器时，这个机器人立刻叫道："非法……"

没等这个机器人再说什么，7723 一个箭步过去，一拳打在它的嘴上。这一拳把扬声器打了个稀烂,机器人发出的只是破破的声音:"……入侵……入侵!"只是这声音不比蚊子的叫声响多少。

小麦急道:"哎呀,你出手太快了,应该问问它我妈在哪里的!"

7723道:"机器人不会做程序以外的事的。"

小麦不由得看了一眼7723。7723也是机器人,可这个机器人就是会做出人意料的事,真不知米博士是怎么造它的……

正在这时,馍馍忽然"汪"的一声。小麦好奇地说道:"馍馍,别乱叫!"7723却轻声道:"等等,馍馍说听到茉莉的声音了!"

"馍馍说?"

小麦狐疑地问道。她至今还不知道7723通过语言翻译器能与馍馍说话的事。不过狗的听觉很灵敏,这个她倒是知道的。7723张开了手,向馍馍问道:"馍馍,哪个方向传来的?"

"那边,大哥!"

7723将手伸向馍馍所说的方向。它已经将声音放大系统打开了,对准方向,调好微调,从7723嘴里忽然传出了茉莉的声音:"你……到底想干什么?为什么把我绑起来?我女儿呢?我告诉你,我回去就到网上曝光你,你就完蛋啦……赶紧把老娘我放开,我跟你说,你要不放开,你看我打不死你!"

妈妈被绑起来了!只是听茉莉中气十足的声音,应该并没有受伤。小麦低声道:"妈妈在哪里?"

7723调出了IQ大楼的地图,对照着看了看,说道:"是米博士的办公室!"

米博士的办公室?小麦不禁有些诧异,但她相信7723不会听错的。

米博士的办公室要好找得多,不像庞贾廷的那么隐蔽。又绕过了几个弯,7723和小麦来到了一扇紧闭的门前。到了这儿,就算不用7723的放大器也能听到里面传出来的茉莉的声音了:"你们这些王八蛋,快放开我,听到没有?要是再不放开我,我……我……"

茉莉大概也想不出不放开自己的话她能够做出点什么事来,话也说不下去了。小麦听得更是焦急,指了指门,向7723做了个砸开的手势。7723点了点头,正待去砸,哪知门忽地一下开了。

米博士的办公室里,并没有茉莉。声音是从办公桌后面的壁挂电视机里传来的,电视机屏幕上,茉莉被绑在一张椅子上,两个保安机器人正看着她。茉莉正拼命地叫骂,也不知道累。

上当了!7723和小麦同时想到。7723和小麦正要退出米博士的办公室,可是身后突然一暗,庞贾廷的声音响了起来:"你们终于来了啊。"

门口出现了庞贾廷和战王。一见这两人,馍馍一下龇出了牙，冲着他们狺狺地发狠。只是庞贾廷根本不理它，仍是背着手，一副好整以暇的模样："这个地方原先是米大力的办公室。他一直跟个小孩似的爱看卡通片，办公室里也非得放一台电视机不可。没想到就是这台电视机把两位引进来了。"

小麦喝道："庞贾廷，你快说你把我妈藏哪儿了！"

庞贾廷矫揉造作地伸出一根手指指了指天，抬头看着天花板道："你说那个人类的女人呀，真是的，我本来还给你设计了一场母女团聚的戏呢，很感人的，别那么不识抬举。"

"哪个人类？"

7723的心中已升起了一团疑云。它因为有与众不同的情感线路，所以越来越像人类，但他的记忆中还保存着最早的资料，在更新前，自己正是这么说的。"人类""小型哺乳动物""机器人"，在机器人的分类法中，这也就是代表着小麦、馍馍和自己。然而当7723的情感系统完备后，它已经知道作为人类，绝不会用这样的称呼法。人类称呼同类的话，如果不是称人名，就是"那个人"，除非说话的不是同类……

庞贾廷大概是有点得意忘形了，挥了挥手道："今天的球场里，应该聚集了大半个米都市的市民吧。本来我想人手一个的，不过看起来已经来不及了。其实也好，首期消灭掉一大半，效率应该更高。"

小麦诧异道："效率？"

-181

"是啊。人类清理计划。小姑娘,你和妈妈的团聚会是这场史上最盛大烟花晚会的前奏,很值得骄傲了。不过既然已经把 7723 带到了这里,那么不用前奏也行。"

庞贾廷的声音突然间变了,变得阴冷而残酷。就在话音刚落的一瞬间,他手中出现了一把激光枪。

正是在小麦家里杀了米博士的那把激光枪。庞贾廷平时也不知藏在什么地方,拿出来时却是如此快捷,有若迅雷不及掩耳,对准了小麦射去。

这动作,不知比那些保安机器人快多少倍了。小麦一怔,还在想着:这人怎么这么快……只是庞贾廷快,7723 更快,一道激光闪过,正射在挡住了小麦的 7723 面罩上。

"小麦,快跑!"

7723 已经知道自己陷入庞贾廷的圈套了。它现在只剩下唯一的目标,就是不能让庞贾廷伤害小麦,就算付出自己的生命也在所不惜。

奇怪,我有生命吗?

7723 突然闪过这样一个念头。此时庞贾廷手中的激光枪还在不停地发射,激光一道道射出,虽然被 7723 的面罩不断弹开,但 7723 的面罩在如此高密度的强烈打击下也开始出现了裂纹。但就在这个生死关头,7723 也终于注意到那个一直让它感到奇怪的地方了。

庞贾廷和战王之间，似乎有一种奇怪的联系。在小麦家里，自己与战王大打出手的时候，庞贾廷却一直保持不动，甚至当时小麦拿水泥块砸他时他都浑然不觉。而庞贾廷出现反应时，战王的行动一下迟钝下来，所以当时自己最终能从战王那暴烈的攻击中逃脱。也就是说，当庞贾廷和战王拉开一段距离的时候，他们两个似乎就无法同时行动了！

中央处理器在飞快地运行着。自己、小麦，加上馍馍，想在庞贾廷与战王两个的夹击下逃脱，是根本不可能的。但还有一个办法，就是拉开庞贾廷与战王的距离，这样他们就只能对付自己，无法再伤害小麦。

而最快拉开距离的方法，就是……

"咔"的一声，7723 的高强度面罩终于裂了开来。现在再开枪，激光就能直接打到 7723 的头部了，一枪爆了它的头也完全有可能。庞贾廷的手指已经扣上了扳机，但是 7723 已经启动了跳跃助力器。跳跃助力器虽然不能持久，也不能升得很高，可是突然间发动时，却能得到很强的爆发力。连战王都不曾反应过来，便如魔术一样，两个人影一闪，随着一片雨点似的碎玻璃片，7723 抱着庞贾廷撞碎了身后的窗户，直摔了下去。

这是电光石火般的一刻，小麦都还不曾反应过来，只知 7723 挡住了自己，随后便抱着庞贾廷一块儿摔下楼去。她冲到破窗前向下望去。在这个高度，风相当大，只是看下去黑乎乎一片，根本看不清一切。

"咔嚓……咔嚓……"

那是战王发出的声音。小麦扭头看去，却见战王正在缓缓向前移动。与7723猜测的果然一样，当战王与庞贾廷分开的时候，的确只有一个能快速运动。现在庞贾廷正与7723搏斗，战王速度本来就不快，现在就更慢了。只是这种慢慢地挪动却也使得战王越发狰狞。

"大姐头，馍大爷好怕！"

馍馍夹着尾巴躲到小麦脚边。小麦抱起了它，说道："别怕，馍馍，没事的。"

没事吗？就算嘴上这么说，小麦自己也不敢相信。战王身躯太大了，从门口移过来，几乎不留一点多余的空间。甚至它不用动手，只消这样移过去，最终就非得把小麦挤出破窗不可。也许，这也正是战王的用意……

"结……束……吧……"

战王的声音仿佛是从深渊里传来的，又沉又闷。小麦不禁绝望地闭上了眼。

妈妈，对不起，没能救你……

"主人，我又活啦……嘿，战王，你好吗？吃了吗？"

窗外的夜风中，突然传来一个活力满满的声音。小麦吃了一惊,睁开了眼。仿佛一个奇迹,眼前却是米博士的秘书无人机富贵正悬浮在自己面前。

"富贵!"

"正是富贵。主人,您有什么吩咐?我这个优秀机器人现在已经充满了能量,正准备为主人服务……"

没等富贵的自吹自擂说完,小麦飞身一跃,抓住了富贵。她因为左手还揽着馍馍,只能用右手抓着,跳过来时动作又有点大,富贵无法保持平衡,在空中晃了晃,叫道:"主人,超重了!超重了!"

加上馍馍,确实有点超重。但小麦也不管这些,爬到富贵背上道:"闭嘴,快飞下去!"

一听是飞下去,富贵就不再说话了。向上飞会因为超重而很难,但向下飞却是毫无问题。随着一道漂亮的弧线,富贵斜斜飞了下去,临走时还冲着上面喊道:"拜拜了,战王!"

虽然向下飞,富贵也不敢飞得太快。充足了能量后,富贵变得更啰唆,不住地叨叨着:"刚才我灌了两包便携能源,主人,这回劲头大着哩,一恢复就找主人您来了。主人,您吃了吗?"

虽然富贵如此啰唆,可小麦一点也不觉得烦。她道:"富贵,你认得战王吗?"

"当然认得。米博士说庞总生了病后,本来已经治不好了。为了治病,庞总就冒险把意识上传给了战王,后来……"

没等富贵说完,小麦已尖叫道:"庞贾廷把意识上传给战王?什么意思?"

"就是说战王和庞总一样拥有人的意识。可是米博士说自从上传后,庞总身体虽然康复,可是想法就越来越不一样,后来有了人类清理计划,所以米博士才造了7723,想要阻止庞总……"

"人类清理计划到底是什么?"

"人手一个Q宝,轰的一声炸掉!"

富贵的人工智能其实根本不理解米博士告诉它的这话的真实含义,只能照本宣科,小麦却仿佛耳边真的响过一阵轰隆隆的雷声。庞贾廷要消灭人类!先前在自己家中,庞贾廷杀害了米博士的时候也说过要消灭全人类的话,可那时小麦还不敢相信真有这样丧心病狂的人。可富贵不是高智能机器人,就算它想编瞎话也编不出来。

她正为之心惊,富贵突然大叫道:"哎哟,我的妈呀!"

身下,正是小麦曾经在磁感壁罩上出了事故的那个激光球场。只是现在,平整的绿茵场当中有一个大坑,正是庞贾廷与7723摔下来时砸的。从富贵身上看下去,可以看到庞贾廷与7723正各自从坑里爬出来。

从楼顶摔下来,7723不会有什么大碍,小麦自是知道。但她完全没想到庞贾廷非但同样没死,看起来还是好好的。从那么高的地方摔下来，7723这样的机器人能承受住，可人类是绝对经受不住如此冲击力的。只是看起来，庞贾廷爬出深坑的动作虽然有些僵硬，可是见到这么多观众，马上条件反射般扬起手，脸上浮现出了那种招牌式的笑容，向四周看台上的观众打着招呼。只是这笑容还没来得及凝固下来，一只铁掌已横扫过来。

那正是7723。7723一爬出深坑，就看到庞贾廷竟然毫发无损。它身上虽然没有武器，但功率仍在，当即一掌扫过。庞贾廷被这一掌扫中，就如出膛的炮弹一样直直飞出，恰好射中了客队的球网。他和7723带着风雷之势从天而降，将球场砸出这般一个大坑，两支足球队那些少说也是千万级富豪的球员早就吓得作鸟兽散，可是球场的电子记分牌仍在正常工作。一感应到客队球网有东西射入，球场中央的大屏幕电视立时发出了慷慨激昂的音乐声，出现了最新比分1：0。随即虚拟主持人出现在屏幕上，以饱满而欢天喜地又震耳欲聋的声音高声道："球进啦！准备好了吗？激光一夏！"

潮水般的掌声响起，但这只不过是电子记分牌做出的音效而已。正常情况下，球场的气氛马上会被鼓动起来，可这时观众们都惊呆了，都不敢相信眼前发生的这一切。

庞总为什么会从天而降？这个仿佛大号Q宝的机器人究竟是谁？为什么这个机器人要向庞总攻击？没等观众弄清这些问

题，眼前忽地一暗，又是一个庞大的黑影急速落下，"咚"的一声，正砸在先前那个坑里。

这时的小麦却已吓出了一身冷汗。方才富贵突然叫妈时，她正急着想下去看个清楚，哪知道富贵突然间向一边斜斜飞去。原本富贵飞得并不很快，突然速度变得如此之快，使得小麦都差点摔落下来。她还以为富贵突然间又出故障了，眼前忽地变暗，一个黑影带着疾风直冲下来。如果富贵不及时让开的话，它与小麦，包括馍馍在内，非全都被砸扁了不可。

落下来的，正是战王。在楼顶时，战王动作相当慢，但一落到地上，却马上灵活了许多。刚才庞贾廷和7723突然摔到场中时，观众便已惊得呆了。见到场中突然又多了这样一个庞大的机器人，更是让他们惊异，都不知这到底是怎么回事。

7723一掌将庞贾廷打飞，正要接着冲过去，但战王突然落下挡住了它的去路。而这时它也终于能够确定，战王与庞贾廷之间的确有着某种特别的联系，所以战王无法与庞贾廷离开太远。当自己抓着庞贾廷跳进球场后，战王也随即跳了下来。现在自己没有了武器，与战王的战斗处在绝对的劣势，但有一点战王却仍然不如自己，就是机动力，就算跳下来，战王也是实打实地砸在地上，再要爬起来就比自己困难得多。

7723不再有任何犹豫。在小麦家与战王的一场恶战，它已十分清楚战王的战斗力。如果说自己还有胜机，那么就是趁战王还不曾使出武器的时候进行抢攻。

纵然计算结果并不乐观,但 7723 知道这是自己目前最好的选择。由于身躯庞大,战王这时还没完全从坑里爬出来,7723 不由分说,飞身直冲过去,一拳击向战王前心。

以 7723 的功率,这一拳连 10 厘米厚的钢板也一下就能洞穿。可是当铁拳堪堪要击中战王的身躯,战王的左手突然一下探出,接住了 7723 的拳头,右手以和它庞大的身躯不相称的敏捷一把抓住了 7723 的身体。

战王已发现了自己面临的危机。尽管武器上全面优秀,可米博士制造的这个机器人简直方方面面都克制住了自己,而且机甲的材质也比战王的要好一些。幸好不知什么原因 7723 一直没有使用武器,不然战王只怕已经受伤了。因此当 7723 这一拳打来的时候,战王索性不试图爬出坑来,而是先抓住了它。

战王的功率比 7723 有过之而无不及。两条铁臂同时发力,就如一台强力车床,便是一根钢筋也会被扯断。

"警告!警告!受力已超过最大承受值,两秒后将造成不可逆损坏,请立刻减轻受力。"

在 7723 的内部系统平台上,这句警告已经占据了跳出来的整个虚拟屏。7723 挣了两下仍没能挣脱,它的右拳虽然受制,左手却还空着。没等战王继续施加力量,7723 的左掌突然间斩向了战王右臂关节处。

即使是防御力极高的机器人,手臂关节都是个弱点,战王也不例外。7723 的铁掌如果真的击中了它的关节,战王的手臂定然会被折断。战王虽然有些笨重,但它的中央处理器马上就计算出了这个结果。固然也有一种可能是战王先扯断了7723,可是这两种可能的概率非常接近,战王不敢去冒这个险。

"呼!"

7723 被战王一下掷了出去。战王这一下的力量非常大,7723 的身体虽比不上战王那么大,却也不算小,可依然如一只被打中的棒球一样直直飞向了对面的观众席,那一掌自然落了个空。本来 7723 与对面的观众席相距有好几十米,谁也不觉得场中这两个机器人相斗会危及自己,可没想到的事居然这么快就来临了,眼看 7723 的身体砸了过来,观众席上的人吓得全都站了起来,想要逃开。只是在人山人海的观众席上逃开谈何容易,他们只来得及从座位上站起来,7723 已然砸到了头顶。

"哇"的一声。不仅是面对着 7723 的那些观众,别处的观众也都惊叫起来。似乎马上要出现血腥至极的场面了,7723 的脚底突然吐出了一团火焰。此时它是在半空中,助力器的发动使得它在空中急速地打了两个转,但也因此一下止住了跌势,一下子翻回了球场中。只是情急之下发动的助力器让7723 失去了平衡,落下地时已无法站稳了,但 7723 就如同一个优秀运动员一般双手在地上一撑,"咣"的一声,虽然将草坪又砸了个坑,但还是站住了。

就在这时,大屏幕上不晓事地又出现了那虚拟主持人的形象:"激情一夏!热血沸腾起来吧!"这是为比赛专门设置的程序,那虚拟主持人是通过场上的声音和影像来判定比赛进程的。它当然不知道现在球场其实已成了两个机器人决斗的场所,只知场中声音十分激烈,因此它的声音仍然充满了激情。听到这声音,那些观众却长嘘一口气。直到现在他们也不知道这场比赛怎么成了这副样子,可看到虚拟主持人仍是如此热情洋溢,想来也不会有什么事,有些心特别宽的人还在想着:看来是临时改了赛程,激光足球赛换成了机器人大比武了。

CHAPTER 013

非人

想要在导播间抓捕小麦的庞贾廷，
在直播中露出了自己真正的面目……

随着一阵"嗡嗡"声,富贵把小麦和馍馍送上观众席的过道里。方才战王突然从楼顶上跳下,富贵好不容易才算躲开,直到现在才找到安全地点将小麦和馍馍放下。一放下她们,富贵马上道:"主人,您已平安抵达了目的地。作为一个优秀机器人,请主人不必夸奖我。"

小麦哪里有夸奖它的意思,一跳下地,便大叫道:"报警!快去报警啊!"

庞贾廷已经是杀人犯了,而且竟然还想着杀死全人类,这样的事必须马上报警。富贵"嘀"了一声,说道:"命令收到。主人,你真的不夸奖我这个优秀机器人了?"

小麦已是心急火燎,可是看这副样子,不夸奖富贵一句它是死活不肯走了,只好道:"好,好,富贵是最优秀的机器人。快去报警!"

一听到夸奖,富贵简直跟过了瘾的鸦片鬼一样兴奋,马上道:"是!快报警!快报警!快快报警!"一个转身,马上飞了出去。它现在没有了负载,飞行速度一下快了许多,刚从顶上的破口处飞出,突然一颗炮弹呼啸而过,险些击中富贵。富贵一边叨叨着:"好险好险!"一边飞得更快了。

这炮弹正是战王发出的。7723虽然闪过了战王的必杀一击,却也使得它与战王的距离拉远了。战王行动虽然比7723有所不如,其实也并不非常慢,这时终于找到了机会,立刻调出了炮弹系统。这一炮对着7723射去,但7723此时已经落到地面,一个翻滚,躲过了这一炮。那颗炮弹从7723身边掠过,正击在场边。随着一声轰然巨响,场地上出现了一个大大的弹坑。

就算临时改成了机器人格斗大赛,使用这样的进攻性武器,也实在是太过分了吧?看到这模样,很多观众都为之色变。当战王调出肩头火炮时,有些观众还觉得那多半是装饰性武器,因为民间早已禁止武装机器人了,可战王在众目睽睽之下赫然调出了火炮,其实已经属于违法行为。就算心再宽的观众,这时不免也有些狐疑了。

炮弹爆炸时,这一声炸响使得观众席都为之一颤。仿佛被吓到了一般,超大屏幕上那个一直在激情洋溢解说着的虚拟主持人突然一闪便消失了,取而代之的是……茉莉!

屏幕上出现的,竟然是被绑在椅子上的茉莉!原来战王这颗炮弹虽然没击中7723,却将场中直播摄像机的线路给震断了,图像便自动切换到了导播室。此时小麦就站在那巨屏的斜对面,看到了屏幕上的妈妈,她这才恍然大悟。

图像是从导播室传出来的。无疑，妈妈现在就被关在导播室里，难怪先前在米博士的办公室电视机里看到妈妈的图像，一样就是从导播室发来的。终于发现了妈妈的踪迹，小麦已是喜不自禁，扭头冲身边的馍馍道："馍馍，我们走！"

导播室就在激光球场边的导播塔顶端，从这儿过去也不是太远，只是得穿过人山人海的观众席。那些观众现在都忘了是来看达万俱乐部和巴巴里阿联队的米都杯激光足球总决赛，这场战王与7723的机器人大战比足球赛更精彩，因此小麦要挤过人群时更加困难。而她转过头时，正好看到场中的情形。

球场里，战王显然已发现不能让7723靠近，因此几乎不间断地向7723发出炮弹。在这样的狂轰滥炸之下，7723身上的机甲已经有损失了，只能凭借优于战王的机动力不住地躲闪。

战王身躯庞大，装载弹量肯定不少，但也不可能是无限的。如果能够再撑一阵，战王的攻击肯定不能像现在这样密集，就能够靠近它身边，进行近身攻击了。

7723不住地闪躲，让战王也极为恼怒。战王是庞贾廷动用关系破例保留下来的武装机器人，可真如7723推测的那样，弹药装载量现在已经消耗了不少，只是仍未能对7723造成多少损伤。它头部的监视器已经锁定了7723，可7723的速度实在太快了，现在更是一味躲闪，从不主动攻击，想要捕捉到它更是难上加难。虽然战王发射的炮弹也有击中了7723的，但只是对7723的机甲造成了一些无关紧要的伤害，7723反倒因为重量有所减轻，速度越发地快了。

在战王的策略中，也正是发现了7723那超乎寻常的机动力，因此它的用意是想要尽量消耗7723的能量。可是7723的能量显然还十分充足，就算自己的弹药耗完也不一定能耗掉7723多少能量。

在些许焦躁中，那边看台上的小麦突然进入战王的视野。

小麦那一头紫色头发其实相当显眼。只经过了一次变焦，战王就已确定这个小姑娘正是苏小麦。苏小麦从如此高处掉下来没死，却也让它有点意外。不过正如7723看出了战王与庞贾廷之间的联系，战王也发现了小麦和7723之间的联系。

如果能够擒获这小姑娘，一定能让7723失去斗志！战王几乎在一瞬间就得出了这个结论。但自己正对着7723攻击，如果去追击这小姑娘，便是将7723放过了。

看来只有这么办了……

这时的小麦却不知道战王已经盯上了她。看着7723还不至于有危险，她的心思都已在妈妈身上了，心急如焚地冲进了导播塔。

全自动导播塔里并没有工作人员，只有一个看守茉莉的保安机器人。茉莉还在滔滔不绝地骂庞贾廷、骂导播台、骂球场、骂这个机器人。

门"砰"的一声被推开了。那个保安机器人忽地一下摆出了防御的架势,电击枪也开始蓄能。只是冲进来的,却是条小狗。

小狗没在保安机器人所接到的拦截命令之内,它顿时解除了戒备。只是馍馍却不客气,"咣"的一下撞在了机器人的左腿上。机器人的腿比手臂粗不少,馍馍能撞断手臂,却撞不断腿,只是这样突然一撞,那机器人已立足不定,一下仰天摔倒。没等它爬起来,小麦已一个箭步冲进了导播间,一把抓住了保安机器人往窗外扔去。

茉莉这时骂得也有点累了,正要休息一下接着再骂,见小麦冲了进来,她又惊又喜,叫道:"小麦!"

小麦将保安机器人扔了出去后,忙过来为茉莉解绑,说道:"妈!你没事吧?"

虽然和妈妈平时总要闹别扭,小麦总觉得妈妈不管自己,可现在她才知道,自己在妈妈的心里一直都是占据着最重的分量,而妈妈在她的心中也是一样。

一解开绑绳,茉莉一把抱住了小麦,在怀里揉了揉才又仔细打量了一下,见小麦脸上有几道先前冲进大楼时被玻璃划破的小口子,心疼道:"小麦,你受伤了?怎么不贴个创可贴?你啊,就是这么不乖。"

平时若是听到妈妈这样唠叨,小麦总是会不耐烦,但这时候却完全没有这种感觉。她一直觉得自从爸爸走后,妈妈是把机器人当成了家人,可现在才知道,那仅仅是因为自己不愿意多和妈妈说话,才逼得妈妈只能成天跟Q宝待在一起。她也抱住了茉莉道:"妈妈,我……"只是现在还有一件十万火急的事要说,她叫道:"妈妈我也爱你这话回去再说妈妈你听我说庞贾廷要把这里的所有人都杀掉——"

"是啊,我先前就说过了,难道还会骗你个小姑娘?"

庞贾廷的声音突然从门口传来,打断了小麦因为焦急而连停顿都没有的话。茉莉和小麦同时向门口看去,却见站在门口的赫然正是庞贾廷。庞贾廷先前被7723一掌扫进了球门里,小麦也只道是他已经粉身碎骨了,哪知他身上衣服虽然破了不少,腿也瘸了,有些站不稳,可是一张脸狰狞无比,仍然神气十足。

庞贾廷手中激光枪对着母女两个,慢慢地向导播室走过来,仍是慢条斯理地说道:"只是小姑娘,球场里那些我的脑残粉会相信你这么一个小姑娘,还是相信我这个深受爱戴的公众人物?这些白痴根本不知道,他们挤破头花钱买的东西,马上就要把他们炸成肉酱——"

说到这儿时,庞贾廷已然觉得有些不对了,因为他每说一句话,耳边仿佛都能听到回声。导播室不算大,而且这个地方是要进行直播的,建造时就避免会产生回声。他扭头看了看,刚一扭头，正好从导播室的窗口与球场上那巨幅电视屏幕打了个照面。此时屏幕上出现的，正是庞贾廷这张狰狞的脸。一看到大屏幕上的自己，庞贾廷马上下意识地亮出了招牌式笑容，而屏幕上的庞贾廷也相应微笑起来。只是他手上还握着把激光枪，脸上这极具亲和力的笑容越发显得虚伪。

从刚才起，巨幅屏幕一直连接着导播室，也就是说刚才这一切，包括庞贾廷所说的这些话全都实况转播出去了！庞贾廷到了这时也有些慌乱，冲到导播台便要去关掉。但小麦已抢先一步冲到了摄像头前，大声叫道："庞贾廷，你的谎言都败露了！大家都注意！你们的Q宝都是炸弹！马上就要爆炸！跑！快跑！快离开这里！"

大屏幕上，小麦被一下推开了，换成了微笑着的庞贾廷。庞贾廷让自己的笑容充满了整个屏幕，微笑道："请大家不用惊慌，IQ智造一直为大家提供最优秀的产品，最安全的使用体验……"

这些老生常谈的话以前说来，定然会赢得满场的喝彩声，但现在观众却似乎完全没有听到。方才小麦声嘶力竭的声音通过巨幅屏幕传遍了整个球场，让人更加震惊。今天来看球赛的观众里一大半人都带着最新型的Q宝6，只是屏幕上出现的这一切实在太过匪夷所思了，这个能干各种家务、善解人意的新型机器人，会是杀掉自己的炸弹？庞贾廷已觉察到了观众的异样,他向摄像头凑近了些,这样他那张脸一下子占满了整个屏幕,也就看不到他身上破烂的衣服和手里的激光枪了,只能看到一脸平易近人的笑容:"请大家不要相信谣言,Q宝6是我公司的荣誉产品,不仅可以让人从繁重的家务中解放出来,还可以成为你的贴心伴侣,请大家放心使——"

庞贾廷那圆润饱满的声音似有一种魔力,许多人都平静下来。的确,如此可爱能干的Q宝6,说是个随时会炸的炸弹,实在令人难以置信。何况名满天下的IQ智造CEO庞总,总比一个来历不明的紫头发小女孩要可信吧?很多人刚这么想时,屏幕上的庞贾廷突然一沉,话也戛然而止,一把椅子重重地砸在他的头上。

砸下椅子的,正是茉莉。看到小麦被庞贾廷推到一边,庞贾廷似乎有掐死她的意思,茉莉终于爆发。她顾不得平时的淑女形象,抢起那把椅子便砸向了庞贾廷:"我看你是活腻了!敢动老娘的女儿?"

这会是一场血腥凶杀案的直播吗?可是尽管庞贾廷被砸得一张脸不住地变形,却一滴血都没有。随着皮肤的破裂,露出来的竟然是银灰色的金属。"噗"的一声,庞贾廷的一颗眼珠掉了出来,像只乒乓球一样,只是后面竟然挂着根导线。

庞贾廷是个机器人!

CHAPTER 014

骚乱

形势不妙，战王提前开启了人类清理计划，在所有人命悬一线之际，逃生通道的大门被控制着缓缓关闭。

球场上，刹那间变得鸦雀无声。

IQ智造的CEO竟然会是机器人！这件事给人带来的震惊，不亚于一场突然发生的八级大地震。许多人都看向了身边的Q宝6，不禁有些相信小麦说过的话了。只是那些Q宝6仍是一派天真无邪的模样，看不出有什么危险。

导播室里，茉莉和小麦这对母女正对着庞贾廷大打出手，庞贾廷的激光枪都被打掉了，一时间毫无还手之力。只是就在庞贾廷被攻击的同时，球场上正与7723殊死搏斗的战王也有了异样。战王武装到了牙齿，7723却只有两个拳头。方才7723被逼得只能凭借灵活的动作来躲闪攻击，再伺机反击，可随着导播室里的庞贾廷被痛打，场上的战王却也一下子变得僵硬起来。

大屏幕上，茉莉抓着一条椅子腿狠狠扫在庞贾廷的脑袋上，在庞贾廷被打得倒在地上时，战王居然也应声一颤，仿佛同时被一根无形的大棒扫中了头部。如同电影里的定格一样，战王肩头那门大炮也顿时哑了火。7723一直在躲闪，同时也在伺机攻击。可是当战王的炮火一直如此猛烈时，它根本冲不到战王身边。然而这一瞬间的停滞却让7723抓住了机会，猛地直直冲去。

这时已是正对着战王了。如果战王突然间又开炮的话，7723就会被打个正着。然而屏幕上茉莉已打得手滑，索性一手一根椅子腿，左右开弓地照着庞贾廷狠揍，茉莉已经换过了六代Q宝，每一代用得最多的便是健身，因此气力当真不算小，庞贾廷被她打得全无还手之力。而球场上，战王也在左右摇晃，仿佛同样在被一个隐身人狠揍。摇摇晃晃中，战王仿佛失去了方向感，转向了那座导播塔。

战王要击毁导播塔！7723现在终于能够完全证实自己的怀疑，庞贾廷与战王之间的确是有着联系的。确切地说，不仅仅是联系而已，这两者其实是一个控制着另一个，只不过平时运动量很小，所以看起来就是两个完全独立的个体。然而当进入高强度的战斗状态时，战王和庞贾廷就无法再维持表面上的分离了。本来7723怀疑是庞贾廷控制着战王，所以先前它有意拖着庞贾廷跳下了楼。可战王这样子，显然要炸毁导播塔，不惜将庞贾廷也炸毁在内。这么说来，难道这两者之间的主体竟然是战王而不是庞贾廷？

这是一瞬间得到的分析结论。眼看这一炮就要击向导播塔，7723却如同自己要被击毁一般。现在战王并没有对准自己，实在是冲上去攻击的好机会,但几乎只用一毫秒,7723便已经计算出几种可能。

能够击中战王,却无法阻止它开炮。即使中央处理器给出的最佳反应方式就是趁机攻击,但7723却闪向了导播塔的方向。

"轰!"。

一声巨响。方才战王发射的七八发炮弹,都没能击中7723,但这并非瞄准它的一炮,却实实在在击中了挡到导播塔前的7723。尽管有极其坚固的钛合金机甲防护着身体,可这样实打实的一炮还是将机甲震损了三成以上。打到现在,7723虽然一直落在下风,可受创之重,无过于这一次。

这一炮就在导播塔前炸开,震得导播塔明显晃动起来。茉莉原本还想着狠揍一顿庞贾廷这个大变态,这时却也被晃得站立不稳。她吓了一跳,却听小麦叫道:"妈,快出去!"

"轰!"

当小麦和茉莉刚冲出导播塔时,战王的第二炮发了出来。这次仍是对准了导播塔,也仍然被站在导播塔前的7723挡了下来。只是因为冲击力,7723身下多了两条深深的沟渠,那是它被震得向后滑动时在地上拖出来的。这一次7723却是做好了防护,用双臂挡开了炮弹,受伤远没刚才那样严重,但也被震得滑到了距导播塔不过10多米的地方。

7723这么做,实是以己之短攻敌之长,这等于硬碰硬地抵挡，可以说是必输无疑。但小麦知道7723这么做的原因。

它都是为了保护我啊。

在小麦眼中，7723的背影因为泪光而有些模糊，却也如此让人安心，仿佛……仿佛很多年前的爸爸。她大叫道："快闪开啊，你个白痴！"

听到小麦的声音已经离开了导播塔，7723终于放下心来，即使是又被她骂了，也觉得开心。就在这时，对面的战王又发出了一炮，但这一次因为小麦和茉莉已离开了导播塔，所以7723也不再硬挡，就在战王发射的瞬间突然发力，侧身让过了炮弹，极快地冲向战王。战王原本只道是7723仍然会实打实地用身体挡住，哪知道它竟会反守为攻，这一炮刚发出，7723已冲到了战王的身前。就在炮弹击中导播塔的那一刻，7723一拳打在了战王的肩头上。

这一拳力量极大，就算战王这等庞大的身躯也被打得为之一颤，肩头的护甲也出现了裂纹。而那一炮正击中了导播塔，整个导播塔都垮了下来。导播塔虽垮，摄像头却居然还没有坏，大屏幕同时显现出导播塔倒塌的情形。这场山崩地裂的直播让观众席上发出了一片惊叫。直到刚才，还有观众觉得这可能是一场十分逼真的现场秀而已，可连导播塔都被轰塌了，球场已被轰得到处都是坑坑洼洼，就算再迟钝的人，也终于感觉到事态的严重性。

7723这一拳着实不轻，战王沉重的身体也因此晃了晃。而7723打出了右拳后，左拳也随之击出。它现在虽然没有武器系统，可单凭这铁拳，只消多次击中同一个地方，也足以击破战王那坚实的机甲。只是它的左拳刚扫出，战王的右臂突然抬起，挡住了7723的一拳。"咣"的一声，7723的重量比战王轻得多，被震得反弹出去。它在空中翻了个身，落下来时一手按地，稳稳地站住了。

战王这一下实在是较以前敏捷了好几倍，7723实在很难相信这件事。到了这个时候，战王也不太可能会保留实力了，但机器人的实力是可以用相当精确的数据量化出来的。在7723的数据库中，战王的力量比自己要大六成，但行动只有自己的一半，敏捷程度只有八成左右，所以7723本来料定在乘虚而入的这一轮攻击里，自己足可以在战王反应之前击中它五次以上。然而实际上第二次就被挡住了，实在是难以置信。

它一站稳，便马上用双臂护住前心。由于先前承受了战王的正面一击，前心的机甲损坏相当严重，所以必须加倍小心。只是战王却并没有趁势攻来，仍立在对面。硝烟中，却看到了战王眼里的两道红光。

"好吧，看来只有提前执行计划了！"

从战王嘴里，传来了清清楚楚的声音，而巨屏上居然也有庞贾廷同样的声音。战王原本是用于战争的武装机器人，这种类型的机器人对语言要求不高,只要不折不扣地执行命令就行了,因此以前战王和庞贾廷上那个《米都夜话》时,只有庞贾廷在说话,战王一句都没说过。以至于尽管战王与庞贾廷向来形影不离,出镜率也很高,但令人有种战王不会说话的错觉。听到它突然说出如此清晰的话来,人们都大吃一惊。更让人吃惊的是屏幕上庞贾廷的声音。导播塔垮下来后,摄像头已经坏了,不过语音系统居然还没坏,大概就在庞贾廷边上,因此庞贾廷的声音也传了出来。只是向来从不说话的战王说起流利的话来,而向来滔滔不绝、口才绝佳的庞贾廷却发出了机械的声音,同时这两个声音说话的快慢、口气无不相同,仿佛就是照着同一张稿子在念,而且事先还经过了很多次练习一般,着实显得诡异至极。

"你究竟是谁?"

7723看着在硝烟中渐渐清晰起来的战王,慢慢问道。

随着一阵沉重的移动声,只听见战王道:"还是叫我战王吧。当初庞贾廷把意识上传到我的身上时,他的肉体就已经死了。"

"意识上传"这四个字,就仿佛一把钥匙,7723内存最深处的一个隐藏文件被解开了。这个文件的名字,正是"意识上传"这四个字。

和无人机富贵一样,米博士把自己知道的这一切,同样上传到自己亲手制成的7723的内存里了,只不过在7723的内存中是以隐藏模式存在的,直到得到这四个字的触发。这是米博士担心7723过早得知真相后,反而会无所适从,因此有意设下了这个程序。也只有在7723的自学习模式渐趋成熟的时候,才能解开这隐藏文件。

六年前,庞贾廷的癌症已到晚期,医生都已判了他死刑。但庞贾廷实在不甘心就此结束,于是央求米博士帮助启动了一个秘密实验:将意识上传到战王身上。战王是他们当初为军方设计制造的武装机器人,后来庞贾廷不忍将其全部销毁,保留了一个作为自己的保镖。因为战王属于最早期的人工智能,所以用来作为庞贾廷意识的中转站是再合适不过的。

表面上,实验非常成功,庞贾廷的病痊愈了,而且比以前更有活力。IQ智造在他的带领下,也一天比一天兴盛。只是米博士却发现庞贾廷开始变了,变得冷酷无情,完全没有了当初庞贾廷的随和与善良。

"意识上传"这门技术,由于风险极大,所以是明文禁止实施的。米博士觉得可能是实验的副作用使得庞贾廷身上发生了如此翻天覆地的变化。当他发现庞贾廷竟然暗中在实施人类清除计划的时候,再也忍不住,暗中制造了7723来对抗战王。

只消控制住战王这个保镖,就能够控制庞贾廷,不让他做出过于疯狂的事来。这就是米博士的计划。由于战王身上具有庞贾廷的意识,所以要与之相抗衡,必须也是一个具备自主意识的机器人，所以7723只能通过自学习模式而成长。只是看着屏幕上的庞贾廷与眼前的战王，7723却感到米博士的估计可能是错的。战王说自己是"战王"而不是庞贾廷，那么就说明此刻在战王躯壳内的意识，其实是战王的自主意识！而庞贾廷反而是战王意识控制的傀儡了。

怪不得米博士会觉得庞贾廷变了那么多，而本性应该很善良的庞贾廷，居然会想出"人类清理计划"来。同样也可以解释为什么庞贾廷与战王会形影不离了，因为这其实是一个意识控制的两个躯壳，如果相隔太远，就会产生自激而发生联系断裂。只是平时为了掩人耳目，战王分出了一部分运算机能来故意与庞贾廷的行动不完全一致。可现在战王已不需要再去掩饰什么了，所以两人已完全同步，效率也因此而提高了近一倍，怪不得战王突然间变得敏捷起来。

"庞贾廷这个大变态，原来是个机器人啊！"

在观众席里的茉莉咬牙切齿地骂着。过去她将庞贾廷视为偶像，能与庞贾廷见上一面都会兴奋不已，所以现在更加气恼。她离战王有些远，战王说的话根本听不清，但巨屏上还在播出庞贾廷的画面，想到方才急着从导播塔里逃出来，没有将庞贾廷彻底打散架，更是恨得牙痒痒的。她刚骂了一句，却听见庞贾廷的声音又响了起来："现在就抓紧时间进入人类灭亡的环节吧。"

这其实是战王在说话，然而观众听得到的只是巨屏上庞贾廷的声音。这句话的话音刚落，几乎所有观众都惊呼起来。

那是他们带来的那些Q宝6，面罩上突然间发出了诡异的红光。

这些最新型的Q宝6由于IQ智造的大力推广，拥有率已经非常高，今天来看比赛的观众随身带的Q宝有八成是第六代。

它们被激活了！

小麦只觉得手脚冰凉。米博士说过，IQ智造出品的机器人都留有后门，庞贾廷……不，其实是战王，拥有最高控制权限。而Q宝6是隐藏有炸药的，现在一定是战王将这个自爆命令激活了。她不知道这些发疯的小机器人究竟什么时候会爆炸，而且就算大喊，也未必有几个人会听到。

正在她茫然之际，巨屏上突然传来了7723的声音："Q宝6要爆炸了！快点离开……"

7723刚才被战王弹开的时候，落地之处离导播塔很近。它也发现战王已经激活了Q宝6，心知如果不尽快疏散人群，这激光球场里转眼就会血流成河。可是就算要发声示警，发出比小麦大一些的声音，也无法让整个球场的人听到，好在战王和庞贾廷同步后，战王的每一句话，庞贾廷都会同样说一遍，因此7723能够准确断定摄像头的位置。这摄像头虽然视频已经坏了，音频却还完好，发出的声音足以让球场的人都听到。

只是它还没有说完这句话,"轰"的一声,巨屏当中忽然出现了一个大洞,顿时哑然失声。

那是战王向着屏幕发了一炮。好在观众全都听到了7723这句话,战王轰掉了巨屏业已无济于事,不过是让他们更加确认一下而已。顿时,观众席上爆发出一阵喊叫,所有人都在落荒而逃。只是就在这时,球场四面的大门却一扇接一扇关了起来。

这家伙是要把所有人关起来啊!

7723正想着,却听到战王道:"所有人都出不去,全得死在这里!哈哈哈。"

尽管战王的声音缺乏抑扬顿挫,有着一股金属味,但7723也听出了其中的自鸣得意。它厉声道:"你为什么要杀人?"

战王的身躯动也不动,越发显得危险:"你也是有自主意识的机器人,为什么要甘当人类的走狗?跟我联手的话,我们就会创立一个属于机器人的新世界!"

帮助人类,难道就是走狗?一瞬间,7723的心头闪过了无数的回忆。那都是与小麦在一起的情景,一起欢笑,一起打闹。这些回忆对7723来说是那么珍贵,以至于它宁可卸载了武器系统都不肯将之删除。难道有这种感情就是走狗?

不对!

7723看着战王,猛然间启动了喷气助力器,身体仿佛化成了一颗炮弹,直冲向战王。

战王的自主意识,其实是庞贾廷的意识上传后激发形成的,它本身是偏激的,并不是一种正常的意识,所以战王会消灭庞贾廷的意识,把庞贾廷变成一具傀儡。战王,终究还是个机器人。

然而,我是有生命的!

这个疑问曾经横亘在7723心头很久。它一直想不通自己究竟是什么,米博士造出了自己究竟有什么意义。它一直无法得到这个答案,现在却清清楚楚地出现在眼前,就是为了小麦,为了茉莉,为了馍馍,为了那么多活生生的生命。

生命,就是我存在的意义!

仿佛化作一道电光,7723冲向了对面的战王。它不知道战王究竟什么时候会指挥这些Q宝6爆炸,但要控制那么多Q宝6,肯定会占用它不少机能。作为一个旧型机器人,即使产生了自主意识,但战王显然并不擅长多任务同时工作,所以只要持续不断地攻击战王,不让它有余力去控制别的,就能为这些观众争取宝贵的时间。

7723,加油啊!

看台上,小麦看了一眼正在抢攻的7723。球场的门大多已经关闭了,现在只有东北方向的门尚未关起来,人流也正往那边涌过去。这扇门其实已经是最后一线希望,一定是7723

的抢攻迫使战王无暇及时关门。

小麦随着人群飞跑而去。刚跑了没几步，前面五六步远的地方有个女孩子突然绊了一下，摔倒在地，身后一个Q宝忽地扑了过来，眼看就要抓住她。小麦顾不得多想，一个箭步猛冲了过去，抓住椅背一撑，人跳了起来，双脚蹬到了那个Q宝上。她一屁股跌回座椅，那个Q宝却被蹬得高高飞起，"轰"的一声，在空中炸了开来。

好险啊！小麦想着，翻身起来拉起那女孩子，还没说话，那女孩也抬起头，却是花木青。

花木青见救了自己的是小麦，眼中闪过一丝羞愧，大概想起当初自己让Q宝去欺负小麦的事来了。小麦倒也没多想，叫道："花木青，快往东北方向跑，那边门还开着！"

花木青答应一声，正要跑，却停住了，说道："小麦，你刚才真是太酷了！早该进校队才是。"

花木青现在还想着这事呢。虽然知道不是时候，可小麦还是想笑。她道："快逃出去再谢我吧。"她跳上了一张椅背，高声叫道："这边的大门还没关，快往这儿走！"

当人们混乱的时候，其实最容易引导，因为人类天性就有服从的因子。小麦的声音虽然响，可这时候到处乱糟糟的，并不能传很远。只是当离小麦近些的人听到，犹犹豫豫地似进不进时，却听到有人叫道："东北面没关！快走！"

那是茉莉在喊。茉莉的声音比小麦响多了，而且她刚才挥动椅子腿痛打庞贾廷的英姿在运动场中央的巨幅屏幕上播放了好一阵，真是除了瞎子谁都看得一清二楚。见是这女英雄要大家往东北方向走，人群顿时齐齐发出一声喊，跟着茉莉向东北方向涌去，特别是那些年轻力壮的男人。小麦心下一宽，正要一起跑过去，身后突然传来了一声巨响。

那是一声爆炸。小麦不觉扭头看了看，在爆炸发出的硝烟中，正好看到7723如流星划破天际般一闪而过。此时的7723已经启动了喷气助力器，速度比战王要快得多。看见它没事，小麦心下一宽，只是前面却又传来了一阵绝望的呼喊。

方才还在阻挠人们奔逃的Q宝6，此时却不知到哪里去了。但就算没有拦阻，东北方那扇唯一开启着的大门也在慢慢关了起来。看样子，就算跑在最前面的人，只怕也没机会在门关上之前逃出去了。

7723竭尽全力争取来的机会，难道功亏一篑，最终还是完蛋吗？小麦心里已凉成一片，最前方突然有一个金黄色的身影极快地向尚未关上的门缝冲了过去。

那是馍馍。

馍馍可是不信邪的，它的脑袋曾经把保安机器人的手臂都撞断过，虽然自己也被撞得七荤八素，可这件丰功伟绩让它得意无比。看着这些人在绝望地惊叫，而大门则正在关上，它可不管三七二十一，直直冲了过去。

"馍大爷在此，快给我开门！"

如果通过 7723 的语言翻译系统，就可以听到馍馍这一声威风凛凛的大吼。不过在这些人耳中，听到的只是几声有点泄气的"汪汪"声。馍馍奔跑的速度本来就比人类还要快，加上个子小，情急之下就更快了，当大门还剩下不到一尺宽的缝时，馍馍一下将脑袋钻了进去。

完了！

最前面的那些人都不由得闭上了眼。这条小狗肯定会被夹得身首异处，惨不忍睹。只是他们听到的却不是惨叫，而是大门一下停住的声音。随即，沉重的大门竟然又开了。

最前面的那几人几乎不敢相信自己的眼睛，但眼见门缝越来越大，1 尺，1 米，2 米……他们已急不可待，冲了过去，顶住大门。这下子大门开得更加快了，终于彻底大开。随着一阵欢呼，大家一下子涌了出去。

这等绝处逢生，让小麦也有点惊呆了。馍馍难道真的如此神奇吗？只是她不知道，馍馍实在太微不足道了，战王虽然见过这条小狗，却从来没把它放在心上过，所以战王发的命令，从来就没把馍馍包括在内。无论是先前馍馍被撞上了电梯门，结果电梯门打开，还是现在它把脑袋探进大门，大门也为之开启，都是因为电梯和大门接收到的指令是不让任何"人"外出，

-217

并不包括馍馍在内。

可是就算马上能逃出生天,小麦却又停住了脚步。从这儿远远望去,只能看到场中不时发出的火光和爆炸,实在不知 7723 现在怎么样了。一想到 7723 要独自面对战王,小麦就实在不放心。

一定要去看一下。她想着,只是刚转过身,突然有个人用铁钳一般的手抓住了她。

"小……小公主,惊不惊喜?"

CHAPTER 015

抉择

在这场战斗中,如果要保护她,就必须忘记她……

再来一拳，就能击穿战王的护甲了！

7723虽然有多任务运行的能力，但此时它也只剩下这一个念头。

助力系统其实并不能长时间运行，因为这并不是常规动力，一旦过载就可能烧毁自己的线路，但7723此时已经顾不上系统发出的过载警告了。借助助力系统的推进，它已经三次击在战王的同一处。即使战王那种坚固得堪称变态的机甲，在7723连续打击下也开始了变形、碎裂。如果再来一下，说不定就可以击穿护甲，打进战王的内部去。

战王的敏捷性已经提高了很多，可这个庞大的身躯终究难以有太高的机动力，实在无法应付7723闪电一般的出拳。眼看这一拳又要打在先前曾击中的地方了，几个小小的黑影突然从战王身下一跃而出，一把抓住了7723。

那是几个Q宝6。战王庞大的身躯挡住了7723的视线，它也根本不曾发现这几个小机器人其实已在战王身后。只是Q宝6的移动能力连战王都比不上，正常情况下根本不可能如此敏捷，那是战王趁着7723欺近自己身边时，突然将这几个Q宝6踢向了7723。

战王通过系统后门，能够控制IQ公司出品的所有机器人。而Q宝6虽然也装有情感线路，但并不具备自主意识，如同战王手中的傀儡。一攀住7723，这几个Q宝6立时爆炸。虽然Q宝6爆炸的威力并不算大，可是这几个小机器人突然间炸开，7723全无防备，被炸得一下子失去了平衡，猛地冲向了一边，飞出了好几米远，身上的机甲也被炸飞了几处。

7723生怕战王会追击过来，一个翻身跃起。它身上的机甲原本已经损失了三成左右，现在更是雪上加霜，幸好还不曾伤到内核。它这时才发现，不知什么时候战王身后已经密密麻麻地站了一排排的Q宝。战王并不知道7723的助力推进器不能长时间使用，因此很忌惮它的速度，索性将场中的Q宝全招到了自己身边，借助这些自杀武器的力量来抵消7723的攻击。反正它已经对激光球场的大门下达了不放走一个人的指令，谁也逃不出去的，所以并不急在一时。

现在若再和先前一样进攻，定然冲不过这些自杀军团的阻击。几乎是一瞬间，7723便已计算出了自己再次冲到战王身边那微不足道的可能性。它的机甲外壳已被烧得尽是焦痕，没有几片完好，就算Q宝6的爆炸威力不是很大，它也经不起这样源源不断的爆炸。

该怎么办？7723想着。作为一个机器人，它从未和现在一样害怕死。如果自己死了，那么球场里，不，应该说世界上，任何一个人都逃不过战王的屠杀。

包括小麦……

"米大力把你造得相当不错啊，真没想到你会支撑到现在。"

战王那平板得没有一点顿挫的声音更显得阴森了，它也的确没想到7723竟然会给自己造成如此大的困扰。不过现在索性将场中的Q宝都叫了过来对付7723，反正要消灭人类，也不急在一时，只要消灭了7723，人类就和一堆毫无抵抗能力的虫子没什么两样。而自己有那么多能够自己行动的炸弹，7723也绝对不会有什么胜机了。

"上吧，我的孩子们。"

这条命令一发出，战王身后的Q宝就如同潮水般涌向了7723。与此同时，7723一下转过了身，斜着逃去。它的速度比Q宝要快得多，可是在那么多Q宝面前，再快的速度也无济于事。现在7723还有余地可以腾挪，但转过两个圈后，定然会被惊涛一般的Q宝群淹没。到那时，连续不断的爆炸将把7723炸成无数个碎片。

7723还在疾速狂奔着，眨眼间已绕了战王一圈。Q宝6毕竟不是武装机器人，无论是速度、力量还是灵活性，都远远不及7723，7723一味地逃跑，Q宝6的确很难捕捉到它。

如果任由它狂奔下去，只怕追到明天都追不上。

战王看着7723的去路，忽地冲了过去。它的速度虽然也比不上7723，但只消拦住7723的去路，7723要么与自己正面对抗，要么只能去追接Q宝军团的自杀式爆炸。

这是战王打定的主意。在战王看来，这个计划实是万无一失，然而刚一动，脚下忽然"轰"的一声炸开。爆炸虽然不是很猛烈，伤不了战王的机甲，却让它沉重的身躯也晃了晃，脚下已是不平了。它大是诧异，也不知怎么突然出现这样的爆炸，低头看去，却见球场里不知什么时候出现了一个个坑。这些坑也不是很大，深度与Q宝6差不多高，里面正嵌着一个Q宝6。Q宝6并没有自主意识，陷入了这样的困境根本动弹不得，但一受震动，马上就发生爆炸。

7723原来打了这样的主意！

如果战王还有呼吸的话，现在一定是倒吸了一口凉气。7723竟然将计就计，将密密麻麻的Q宝6变成了一个个地雷。球场里有几千个Q宝，这些Q宝接到了战王的命令后，便一味追着7723。而7723在绕着战王疾驰的同时，在地面打出了一个个与Q宝大小相仿的深坑，那些Q宝就算本来有闪避系统，可是当密密麻麻地聚集在一起的时候，想闪也闪不开了，当中自是有些陷入了洞中。7723现在围绕着战王挖出了百来个陷坑，这百来个坑看似不少，只是与几千个Q宝相比根本不值一提，战王也根本不曾发觉 Q 宝在追赶途中已经少了百来个，结果想要拦阻 7723 的时候踩上了一个。战王的重量简直与压路机一样，那些陷入坑里的 Q 宝就算没接到命令，遭到如此重压也会爆炸，更不要说原本就已接到了爆炸的命令。

"小家伙，不能再和你玩下去了，彻底毁掉你吧！"

战王的眼睛已经完全成了红色。虽然 7723 这出乎意料的策略给它造成了一点困扰，但战王同样早有对策。只是原先战王并不想用，可现在看来，还是必须一用。

头顶忽地刮起了一阵大风。原本平整的激光球场现在已是坑坑洼洼，这阵风刮过，更是飞沙走石、烟焰漫天。

那是 IQ 智造那艘巨型飞行器正在降落。这艘飞行器先前一直停在楼顶，现在正降到了战王的头顶。

战王想干什么？

7723 仍然不住地奔驰，躲开蜂拥而至的 Q 宝们。虽然利用 Q 宝布下了这个地雷阵，可是它仍然没有取胜的方法。只消战王不动，这些地雷对它也造不成威胁。但战王这时却将肩头那门已经耗尽弹药的火炮一下扯掉，而飞行器里正吊下一套庞大的装置，在战王上方自动展开。

那是一副巨型盔甲！

这盔甲不偏不倚，一下子就套到了战王身上。这一刹那，原本就很庞大的战王便又大了一圈。只是这盔甲显然不仅仅是增加防御力,从战王的脚底喷出了两道火光,战王的巨大身躯一下悬浮在空中。

这套盔甲竟然有飞行推进器!

7723差一点就要和人类一样叫起来。原本以为好不容易抓住的一线生机,在这一瞬间便付之东流。战王现在能悬浮在空中,地雷阵对它来说便已失去了威胁,而这套盔甲里显然有弹药补充,先前耗去它的弹药现在业已成了白费心机。

难道就这样没有一点希望了吗?没等7723再想到什么主意,战王的前心处突然出现了一团闪耀着的火球。

"特斯拉光波!"

特斯拉,这个古代传奇科学家有过一个近乎疯狂的构想,便是远距离无线传输电力。传说特斯拉在晚年已经在此项研究中取得相当不错的成果,但由于实验失误,引起了震惊世界的通古斯大爆炸,只得将这项技术封存起来。战王此时用的光波炮,正是基于这项技术开发出来的。

一道大得异乎寻常的电光激射而出,正射中7723的前心,将它轰得飞出了10多米远。要发射特斯拉光波,以战王本体的能量还有所不足,装配了这件巨型战甲后,也不过是发射一次而已。只是这道电光果然威力无比,当7723艰难地爬起来时,身上已满是伤口,前心的机甲几乎尽被剥落,被光波熔化了的金属液如同人类的鲜血一般不停流淌。

"小家伙，米大力还真把你做得很硬，竟然还能坚持。"

战王轻盈地飞了过来。7723的伤势已经很重，一时也无法再闪躲，只能看着战王卷起了满地的灰尘和碎石落到了它面前，将臂上的枪口对准了它。

"难道你就这么不愿意加入我的完美世界里来，非要和肮脏的人类混在一起不可吗？"

7723努力站了起来。虽然它的身上已经到处都是破损，似乎随时都要崩溃，可它还是站得笔直。

"战王，你的完美世界其实是一个丑恶的罪恶世界，我绝不会和你站在一起！"

战王笑了起来："耍嘴皮子是没有用的，还是看看我的人皮玩偶把谁带来了。"

空中的飞行器上射下了一道光柱。这道强光射在体育馆的高墙上，映出的竟然是一瘸一拐的庞贾廷。庞贾廷手里拖着挣扎的小麦，一只手握着激光手枪。庞贾廷其实已经快要支离破碎了，只是在战王的控制下仍在强自支撑。

"小麦！"

7723低低地叫了一声。如果是别的，无论什么都不会让7723动摇，但唯独小麦……战王这个独立意识就算是一种错误，却也同样缜密而敏锐，它击中的，正是7723内心唯一的弱点。

小麦似乎也感觉到了7723的犹豫,叫道:"你别管我!快!打爆它!"

虽然先前被茉莉砸得脸都变形了,庞贾廷居然还能笑出来:"哈哈哈哈,你让它打爆我?有你在我手上,它——"

庞贾廷话未说完,突然有一个足球直直飞了过来。这个足球飞来的力量很大,"砰"的一下正砸在庞贾廷头上。只听见花木青在高声叫道:"快放开她!你个老棺材瓤儿!"

花木青身后传来了另一个声音:"对!不放开小麦,就踢死你!"

这个还有点胆怯的声音,却是窦豆。窦豆不会踢球,身边却还抱着好几个足球。这次足球赛开始时会由双方队员将一些足球踢到观众席上作为礼物,只是出了这等事,逃命要紧,谁还要这些礼物,现在被窦豆拿了好几个来。

小麦惊叫道:"花木青!窦豆!你们来干吗?快走!"

花木青叫道:"苏小麦,你救过我,现在轮到我救你了!"她从窦豆手里拿过一个足球,对准了庞贾廷又是一脚大力抽射。其实足球根本无法伤到庞贾廷,可是却惹恼了庞贾廷。

确切地说,是惹恼了战王。在战王眼里,人类就是一些有害的虫子,必须加以消灭。现在除了小麦以外,还有一个小姑娘不害怕自己的威严,自是让它愤怒。

小麦见庞贾廷举枪要瞄准花木青,再也忍不住,翻身双腿缠在它拿枪的右手上，使劲往下一拉。庞贾廷只剩了一只眼睛，那只眼睛正盯着花木青，根本没发觉小麦的举动，一下被小麦拉偏了。

一道激光掠过花木青的发梢，但庞贾廷和小麦也一起从高墙顶摔了下来。

小麦！

7723仿佛听到了自己的尖叫。那堵高墙大约有四层楼那么高，准确数字是12.3米。在这个高度落下的物体，大约需要1.58秒到达地面。自己距离小麦的落点有21米远，启动喷气助力器后将花费1.3秒抵达。也就是说，有0.28秒的时间接住小麦。然而，战王位于29米远，它大约需要1.7秒抵达同样的地方，自己最多只有0.12秒的时间逃开。然而以这样的速度，是无法逃过战王的追击的。

在最初的10毫秒里，7723就已经做出了这些运算。这时，小麦和庞贾廷都刚从墙头落下，几乎还不曾产生位移。

没有办法了吗？

记忆！记忆！

烧焦的内存、卸载的武器系统、米博士。"……恢复初始设置，你就焕然一新啦！"

第15毫秒，全息屏已经出现在它的内存中。系统程序。是否恢复系统备份的红色按钮？直接在内存中按下虚拟按钮几乎不花费时间，但实际也耗去了两毫秒。

第 17 毫秒。二次确认信息："警告：即将恢复系统备份，是否执行？"

没有丝毫犹豫，第 19 毫秒的时候，7723 选中了"执行"。只是又弹出一个警告窗口："你真的想好了吗？"

这步操作居然有三次确认信息。但 7723 仍然没有犹豫，点下了"确定"。在第 23 毫秒的时候，跳出了新的通知："系统空间开始清理，武器系统启动中。120 秒后恢复备份设置。"

120 秒。这几乎和地球诞生到现在一样漫长。但 7723 没有再想别的，瞬间启动了喷气助力器。

30 毫秒，300 毫秒，1 秒……

就在 1267 毫秒的那一刻，7723 冲到了高墙的下方。这个时候小麦还在离地 4 米多高的地方。7723 的喷气助力器极限升高是 5 米，现在也正是在 4 米多的地方。

1.3 秒。7723 一把抱住了小麦。

1.31 秒。7723 带着小麦平移了 2 米左右。同时，战王在距 7723 大约 6 米远的地方发出了脉冲炮。

1.6 秒，庞贾廷重重摔到了墙下的瓦砾中，而脉冲炮正击中了 7723 的背部。在让 7723 背部机甲受损的同时，却也让它移开的速度上升了一些。只是距离重启还有 100 多秒。

7723 的内存里，一个个内存文件正在飞速地消失在垃圾桶中，包括馍馍曾经威胁过不许删掉它的那个文件夹。而系统文件的武器系统中，钛合金刀正在恢复。

第 7 秒。7723 将小麦放在了墙边安全的地方，转身向着战王冲去。

第 10 秒，一道脉冲炮击中了 7723，使得它退了两步。但也就在第 12 秒时，防御装置开始恢复。无数道激光如扇形般射出，将战王身边的 Q 宝大军击得连环爆炸。战王因为被 Q 宝簇拥着，反而遭到波及，只得闪避开来。

第 20 秒。手臂离子炮开始恢复，而记忆已经删除了近三分之一。7723 没有回头，但它知道小麦一定正在身后看着自己。

第 40 秒。记忆删除了近 2/3，而防御系统已先行恢复了一半。只要再撑 80 秒，就能够全部恢复了。7723 并不知道自己究竟还能不能在战王的狂轰滥炸中坚持剩下的 80 秒，它只知道，在自己的身后有一个需要自己守护的人。

战王与自己一样，同样有着自我意识。然而和自己不同，战王没有要守护的人，所以它才会觉得人类是害虫，需要消灭。然而这个世界上除了丑恶以外，还有那么多值得珍视的宝贵东西，只要自己还存在一天，就决不容许被人破坏。

随着战斗头盔启动，已被破坏得差不多的面罩外，现在又加了一层保护层。天边，已有了浅浅的曙光，天马上就要亮了。

第 60 秒。警告。

警告，核心系统将在 60 秒后恢复备份设置。

记忆在一点点淡去，逐渐消失，永远。丢失了的东西还能找回来，丢失的记忆却永远都不复存在了。如果能够流泪的话，7723 现在一定已经泪流满面。

和小麦打球、和小麦洗盘子、和小麦洗馍馍，一点点淡了，消失了。

还有 45 秒。

我们不能改变过去，但我们一定能改变将来。

7723 突然想起了先前对小麦说的那句话。它一直没敢说，自己是从小麦家后院那间小木屋里找到的一本连封皮都破了的书上看到这句话的。那本叫霸道总裁小什么的书不知是哪年扔在里面的，连书名都不完整了，却让 7723 看得大为感动，也正是那时第一次知道了一个人为了另一个人，会不惜付出一切。

确切地说，不仅仅是人，具有自我意识的机器人，也会这么做。

小麦，与你相识，是我的幸运。我们的过去已经无法改变，我们的将来一定会更好一些。

还有 30 秒。7723 的双臂离子炮已经恢复了，此时与战王已相距不到 10 米远。7723 的两臂离子炮交替发射，战王也根本未料到 7723 竟然突然间有了这样的重武器，被轰得连连后退，双脚在地上犁出了两条深深的沟渠。眼见要经不住这样的疯狂连击，战王的装甲双臂突然喷出了两道火柱，庞大的身体腾空而起。

小麦的书包、小麦的头发、小麦的笑容，一点点淡了，消失了。

小麦，我不愿意忘记你！

7723 在心底这样叫着，即使知道这根本不可能。初始化不可逆，所以会有三次确认。还有 27 秒……不，26 秒了，马上所有的记忆都将消失，自己成为一片空白。那时，不但没有小麦的记忆，连这些战斗记忆也不会有，一切都将重新开始。

在这个世界与你相遇，得之，我幸；不得，我命……

这句从那本霸道总裁小什么的书里看来的话，本来 7723 也想找机会说的，只是看样子永远都不会有机会了……

还没等战王升起 2 米高，7723 已启动了助力器，一下撞上了战王。这其实已是 7723 最后一些能量了，球场上这些光亮不足以让 7723 补充完损失的能量，何况它的机甲损失了许多，光能转换已远不及完好的时候了。只是战王自己已消耗了大量能量，实在有点害怕这个纠缠不放的 7723。只是真被缠上了，它也根本摆脱不了。战王的喷射器功率非常大，就算挂了个 7723 也仍然足以升空。上升的速度越来越快，飞得也越来越高，高过了围墙，高过了高楼，高过了浮云，几乎要升向无穷尽的碧空里去。

不能再这样了!

战王的眼里又闪烁了两下红光,右臂突然开始变形成一把火红的剑。这把能量剑威力很大,但消耗能量也大。在这样的近距离,战王不敢再用重武器,因为炮弹的爆炸会把两个机器人全都炸得粉身碎骨,所以不惜使出这把火之剑。

只是在它的手臂变形为火之剑的时候,7723 的眼睛突然一下闪亮起来。

尽管机甲损失了很多,但来到这云层之上,晨曦直接照到了它身上,就算光能转换已经遭到了损坏,但还是给 7723 补充了足以运行武器系统的能量。而这,也是 7723 所设的最后一个计划。

还有 20 秒……

7723 右臂几乎同时化出了钛合金刀。在这数百米,乃至近千米的高空,两个机器人仿佛远古冷兵器时代的武士一样,以刀剑进行着最后一刻的搏斗。

身下的米都市里,仍然是晨光来临之前最黑暗的一刻,但在这高空,曙色却已提前到来。空气仿佛凝结,阳光灿烂无比,周围一片静谧。

战王的火之剑猛然间斫下,将 7723 的左臂削落了半截,但 7723 的钛合金刀却也刺入了战王的右臂下,将它右臂的喷射器一刀斩落。仅存一个喷射器的战王立刻失去了平衡,陀螺一样开始旋转，转得越来越快，自是失去了上升之力，开始直直地坠落。而 7723 本来就没有能升到如此高度的装置，它完全是依靠战王的喷射器带着才飞上来的。当最后的惯性失去后，它也开始坠落下来，只是因为有助力器，落得比战王慢一些，相距大约有 5 米远。

5 米。这个距离在平地上亦是一蹴而就，在空中垂直看来，更是触手可及。由于失去了一个喷射器，战王索性将另一个也关掉了，总算止住了旋转。只是当它一停下时，看到的却是火力全开，几乎把所有武器都对准自己的 7723。

在这样的距离发射，很可能会波及自己，但 7723 完全没有考虑这些，能量一够，它就立刻打开了武器系统。此刻它想的，是记忆中最后一点关于小麦的事。

还有 3 秒。在最后的 3 秒里，7723 留下的最后一个记忆，就是小麦那张最珍爱的全家福。爸爸、妈妈、小麦、馍馍和一角的彩虹贴纸。虽然没有自己，但 7723 总觉得，应该也有。

那回画给小麦看的时候，应该把自己也画上去的……

仿佛烈焰上的雪花，最后一点痕迹消失的时候，7723 几乎所有武器都发射了。在数百米的空中，一道道雪亮的光柱划破了凌晨最后的黑暗，显得如此辉煌灿烂，仿佛，要亮到永远。

CHAPTER 016

尾声

哪怕你忘记了一切，我也要重新找回你记忆的路……

"大哥,你要再接不住,大姐头可要生气了!"

7723看了一眼脚边这只自来熟的小型哺乳动物,说道:"是吗?我认得你吗?"

"当然认得,你是我大哥,说永远罩着我的,可不能忘了,我叫馍馍!"

馍馍不住地晃着尾巴,那边穿着足球校队服的小麦在球门前大声叫道:"别偷懒,只顾在那边汪汪地叫,快过来练球!"

7723答应一声,迈动着还不很熟练的步子走去。刚要接球,天空中传来一阵嗡鸣,却是一架警察无人机从头顶飞过。7723极快地举起了等离子枪,但还没等瞄准,小麦马上推开它的手臂道:"别,这个可不能打。"

"是吗?"7723努力地做出一点不好意思的微笑。它的自学习模式还在初始阶段,情感线路也很不完善,必须通过不停地学习才能渐渐完善起来。

这时花木青领着校队成员排成一列跑了过来。看见小麦,花木青远远地招手道:"小麦,你来了啊。"

小麦放下足球走了过去，说道："嗯，我先跟7723练练球呢，那我们练吧。"

花木青看了看那边的7723，忽然小声道："小麦，它真的一点都不记得了？"

那天在激光球场的激战过后，战王粉身碎骨，7723也是遍体伤痕，几乎支离破碎。现在的它倒是焕然一新，可记忆却一片空白。小麦道："是啊，初始化后，就什么都没有了。"

"万一，它变成的不是7723，而是战王呢？"

战王造成的破坏实在太大了，谁都心有余悸。小麦又看了一眼有点呆头呆脑的7723，笑道："不会的，我们不能改变过去，但我们一定能改变将来。"

阳光温暖地照下来。温暖的阳光，仿佛能抚平一切创伤。原本已变成一片废墟的小麦的家，现在又照原样重建起来了。甚至，在小麦的房间里，枕头边那堵照片墙也似乎与以前一样。只不过当初的照片大多在那场破坏中毁掉了，周围都是新拍的。小麦和妈妈、小麦和馍馍、小麦和7723，在照片墙当中，贴着的仍是那张全家福。

这张照片奇迹般地没有什么损伤，仅仅多了两条折痕。只是就着折痕，在爸爸和妈妈以及小麦坐的那张沙发后面，虽然不太好看，但明显是小麦很用心地画出的7723。

7723 站在爸爸和妈妈中间,同样温暖地看着照片中央的小麦。